星《ほし》月《つき》夜《よる》

李琴峰

集英社文庫

星《ほし》月《つき》夜《よる》

（　）に　何を　入れますか？　1・2・3・4から　いちばん　いい
ものを　一つ　えらんで　ください。
この　本が　大きくて　カバンに　（　）。
1　はいります　2　はいりません　3　はいれます　4　はいれません

問題と睨《にら》めっこしながら悩む。昼食に出かけた先生たちはぞろぞろ職員室に戻ってきて、雫《しずく》の滴っている傘を傘立てに入れるやいなや、オーディオラックの鍵の貸出手続きを行ったり教科書を探したりと、忙《せわ》しなく午後の授業の準備に取りかかった。あちこちでさやさやと物音が立つが、またすぐさま雨音《あまおと》に掻《か》き消される。土砂降りのせいで窓の外は夜のように暗く、ガラスの表面を絶えず水が流れていて、誰かが洗っているかのようだった。湿っぽくどんよりとした空気に、黴《かび》の臭いと汗の臭い、完食した弁当の臭いが入り混じって漂う。雨の日に外出して昼食を取るのが面倒くさくて、私も松原《まつばら》さんも梅雨の季節はいつも弁当を持参するようにしている。私はコンビニ弁当がほとんどだが、松原さんはいつも色鮮やかな手作り弁当を持ってきている。

『日本語文型辞典』や『みんなの日本語　教え方の手引き』などをめくっても、役に立ちそうな情報は見当たらない。答えは勿論《もちろん》2なのだが、どう生徒に説明するかが問題だ。「総合日本語2」の生徒の七割が4を選んだ。このような単純に見えても実は奥が深い練習問題が初級段階で出てくるのが一番厄介だ。

何故《なぜ》4ではいけないのか。日本語の文法を少し齧《かじ》った人なら、「『入る』は自動詞だから可能形にできない」と説明するかもしれないが、そうではない。「走る」「登る」だって自動詞だけど可能形にできるし、「人が多過ぎて電車に入れない」のような用例では、「入る」は可能形にできるのだ。

では、「入る」の主語が「人」の場合は可能形にできるけど、「物」の場合は可能形にできない、という説明はどうか。それも正しいとは言えない。例えば集合写真を撮る場面で、端っこにいる人は自分が写るかどうか確認するために、カメラマンに向かって「私、入る？　入らない？」と訊《き》くことがある。ここの「入る」の主語は「人」なのだが、可能形にはできないのだ。

問題は意志性の有無にある。同じ「入る」でも、「本が鞄《かばん》に入る」や「人間がカメラの撮影範囲に入る」などの用例では無意志動詞で、「人間が電車に入る」の用例では意志動詞である。意志動詞は可能形にできるが、無意志動詞は可能形にできないのだ。しかし、日本語を半年くらいしか習っていない生徒に、どう説明すれば「動詞の意志性の有無」を理解してもらえるだろうか。

「柳《りゅう》さん、何か悩んでるの？」

松原さんは紺色の風呂敷で弁当箱を包みながら、私に声をかけた。「総合日本語？」

「総合日本語２」は週四コマの科目で、私と松原さんがそれぞれ二コマ担当している。

「はい。意志動詞と無意志動詞の区別をどう説明すればいいか悩んでて」

松原さんは私の隣に来て、練習問題を指でなぞりながら目を通した。そして、

「そんなの、完全に理解できる人なんていないのよ。レベルが上がればみんな自然に使えるようになるの」

と、笑いを含んだ声で言った。

松原さんに指摘されて、確かにその通りかもしれないと思った。漢字、単語、動詞と形容詞の活用形など、覚える項目が多い初級段階では、意志動詞の説明を無理やりしても、恐らく頭には入らないだろう。まずは例外扱いにすればよく、ゆくゆく学習者たちは自《おの》ずとそれを自分の中の文法体系に組み入れていくはずだ。私自身も、初級段階の時に意志動詞について説明されてもちんぷんかんぷんだったのかもしれない。何から何まで説明しようとするうちはまだ日本語教師としては半人前で、松原さんのようなベテランともなれば、説明した方がいいものとそうでないものを経験と勘で区別できるようになるのだ。

下手に説明しようとすれば、生徒を混乱させるだけでなく、教師も難しい質問を投げかけられるかもしれない。学習者はみな成人なので、日本語のレベルが低くても抽象的な思考はできる。例えば、

「どうして本は意志はないと分かりますか？」

「The Monster Book of Monsters[1] だったら『入れません』ですか？」

と訊かれるかもしれない。昨日の「項目別日本語文法2」のクラスでも、「〜ています」の文型について説明すると、

「『男が走っています』は『The man is running』です。どうして『携帯が落ちています』は『The cellphone is falling』ではありませんか?」

と、アメリカ出身の学習者に訊かれ、即答できずひやっとしたのだ。

都内の有名私大であるW大学の別科日本語専修課程には、二千名を超える留学生が在籍して日本語を学んでいる。留学生は入学時にプレースメントテストを受け、レベル1から8に振り分けられ、それぞれのレベルに合った授業を選択することになっている。初級に当たるレベル1と2では主に「総合日本語」で聞く・話す・読む・書く力を総合的に磨き、中級のレベル3~5に上がると「マンガで学ぶ日本語」など選択できる科目が増え、上級・超級のレベル6~8ともなると「現代語で読む日本の古典」「研究論文の書き方」など専門性が高い授業が多くなる。私のような非母語話者《ひぼご》の非常勤講師が担当するのは主に初級の科目で、上級の科目は大抵母語話者のベテラン常勤講師が担当することになっている。

(1)『ハリー・ポッター』シリーズに登場する教科書名。邦訳は「怪物的な怪物の本」。名前の通り、怪物のように人に噛みつく。

W大学で日本語教育学の修士号を取り、別科で非常勤講師として教え始めたのは四年前のことだった。当時、両親に就職のことを報告したら、国際電話で喧嘩《けんか》する羽目になった。

「じゃお前はもう台湾には戻ってこないのか？」

「当分の間は」

「非常勤って、要はアルバイトだろう？」

「そうとも言える」

「給料はどれくらいもらえるんだ？」

数字を伝えると父は更に激昂《げっこう》した。必要とされる学位と専門知識の割に、日本語教師の収入は芳しくない。有名私大のW大学でさえ、非常勤講師の給料だけでは到底生活できない。日本人教師なら民間の日本語学校と掛け持ちしたり、そもそも配偶者の収入で生活しているから給料は少なくてもやっていけるという人もいるが、私の場合、日本人じゃないから民間の日本語学校にはなかなか雇ってもらえず、配偶者なんてものも端《はな》からいるわけがない。だから兼業で翻訳の仕事を請け負いながら辛《かろ》うじて食い繋《つな》いでいるのだ。

「大学院まで行ったくせに、結局アルバイトしかできないのか。だから理系を選べってあれほど言ったんだ。なのにお前ときたら、忠告に耳を貸そうともしないで、よりにもよって文学部なんかに入って！」

どう返事すればいいか分からず、私は電話を切ることにした。それからベッドに潜って泣いた。収入が少ないからではない。世の中には二千キロの海よりも広い隔たりがある。そのために泣いた。でもそれももう四年前のことだった。ぶつかり合うことを避けるためにも、家族とは物理的に距離を取り、心理的に距離を取り、必要以上のやりとりはしないようにしている。生国《しょうごく》を離れ、日本に住み、自分で稼ぎ、自分で自分の世話をしている。毎日論文を書いたり、授業の準備をしたり、翻訳したり、本を読んだり、週に一回まとめて買い物をしたり、ごくたまに女を抱いたり、女に抱かれたり。自由業のようなものだから、時間が命。借り家から職場までは徒歩三分。節約のために自炊はするが、手の込んだ料理は作らない。飲み物はお茶っ葉ではなくティーバッグで淹《い》れる。お酒も飲まないし、新宿二丁目にも行かない。遠出もしない。小さくても、それなりに完結している環《わ》。そんな生活には、とっくに慣れている。

それにしても、満員電車に乗る人間に本当に意志があるのだろうか。ひょっとしたら「人が多過ぎて電車に入らない」という表現の方が実情に合うかもしれない。中世の奴隷船のように人々がびっしり積み込まれる。「もういっぱいで入らないぞ!」と背広姿の小太りな白人が大声で叫ぶ。アメリカのカートゥーン風に描かれたそんな光景を思い浮かべながら、教科書、プリント、CDプレイヤーなどを持って教室へ向かった。

授業の五分前に教室に着いた。席は既に半分埋まっていて、生徒たちはそれぞれ雑談したり、教科書を読んだり、昼食を食べたりしていた。上級クラスになると生徒はアジア人が多くなり、中でも中国人と韓国人が高い比率を占めるが、初級クラスではまだ色々な国の生徒が集まっている。このクラスでも様々な顔立ち、肌色と髪色の生徒が受講している。

「コンニチハ」と何人かの生徒が私を見かけるなり日本語で挨拶した。発音における母語干渉の特徴を把握していれば、たった五音の慣用句だけでも、ある程度生徒の母語を特定できる。漢語《かんご》母語話者は二拍の「コン」を一拍として発音しやすく、無気音のはずの「チ」の気流が強過ぎる傾向がある。英語母語話者は大抵「チ」の母音を円唇化《えんしんか》し、アクセントも間違って「チ」に置く傾向がある。韓国語母語話者は発音する度にアクセントの型が変わり、タイ語母語話者は「ニ」が脱落した上で「チ」を「シ」と間違えて発音する時がある。

「こんにちは」

私は微笑《ほほえ》みながら挨拶を返した。違う生徒が学期ごとに私のクラスに入ってきてはまた出ていく。溺れ死にを恐れず日本語という海に飛び込み、貪欲に水分を吸収しようとする彼らの姿を見ていると、給料が少なくてもこの仕事は続けていこうと思えた。今学期も学習スタイルと学習目的の異なる生徒が集まっている。四川出身の梁《りょう》さんは文型の細かいニュアンスを納得するまでとことん質問してくる。日本の大学院で日本漢文学を研究したいという趙《ちょう》さんは、「たら」と「ば」の使い分けも危ういにもかかわらず、返り点と書き下しについて独学している。ドイツ出身のクリストフさんは発音の癖が強くて伝わらないことが多いが、会話の端々《はしばし》に「ウンサンムショウ」「ゲンショウガクテキ」など難しい言葉を挟んでくる。フランス出身のカトリーヌさんは作文ではまだ形態論的な誤用が散見するが、時々「ルビーは男のデザイア、サファイアは女のグリーフ」のような比喩表現が鏤《ちりば》められていて面白い。「せっかく日本に来たんだから日本人の先生に教わりたい」と事務所にクレームを入れてクラス替えを要求する生徒もいたが、逆に日本人じゃないからこそ懐《なつ》いてくる生徒もいる。

ＣＤプレイヤーを教卓に置き、五十音図を黒板に貼り付けて一通りセッティングを終えると、いつの間にか玉麗吐孜《ユーリートゥーズー》が教室の最前列に座っていて、頬杖《ほおづえ》をつきながら私を見つめていた。

日照時間が長い地域で生まれた子にしては玉麗吐孜はあまりにも色白だが、それは日本でひと冬を越した結果らしい。それでも砂漠の陽射《ひざ》しの名残りは微《かす》かに感じられる。彼女の顔は小さく、身体《からだ》も痩せ細っているせいで見た目はかなり若く、思春期前の青臭い少年と見紛《みまが》うほどである。いつもチェックのシャツにジーンズという、身なりをあまり気にしていないようなラフな格好が、そんな印象を更に強める。しかし彼女の表情、とりわけその両目には、そんな少年的な風貌とはあまりにも不釣り合いな寂しげな光が湛《たた》えられていた。鬱蒼《うっそう》と生い茂る森に囲まれ、銀色の月明かりを仄《ほの》かに反射する湖のような瞳。湖は深く、水面《みなも》は青く澄んでいる。しかし時たま小さな波が立ち、それは湖底にある何か巨大なもの、隠そうにも隠し切れぬものの発露のように思われる。そんな深みのある瞳に、私は初めて会った時から惹《ひ》きつけられた。

目が合うと、玉麗吐孜は控え目にはにかんだ。彼女は座っているから、先端の尖《とが》っているショートの茶髪も、台風のように渦巻いている旋毛《つむじ》もはっきり見えた。彼女の笑みを見ると、連綿と続く天山の麓に広がる果てしない黄土の砂漠と、そこにポツンと存在する緑のオアシスの風景が思い浮かんだ。

☆

幼い頃、雨《ヤムグル》の日は特別だった。雨が降ると子供たちは外で走ったり飛び跳ねたり、空を仰いで雨水を飲んだりした。空から水《ス》が降ってくる！　これほど珍しいことはない。舗装されていない灰色の土の道はあちこち黄土色のぬかるみができて、私たちは汚れるのも構わず裸足《はだし》でそれを踏みつけたり、手で泥水を掬《すく》い上げて掛け合ったりした。音楽もないのに輪になって下手な民族ダンスを踊る私たちを、大人たちは笑いながら見守っていた。はしゃいでいるうちにいつの間にか誰かの家の敷地に入ったとしても歓迎してくれた。夜になると雨が止《や》み、空気がいつもより澄んで、星がよく見えた。普段なら少し風が吹くと、家中の家具が砂埃《すなぼこり》だらけになるが、雨の日にはそれがない。そんな夜に私はよく父《アタ》と母《アナ》と一緒に家の庭に座り、星空を眺めていた。

「見て、星《ユルトゥズ》がこんなにも沢山」

母は微笑んで、私の頭を撫《な》でながら言った。庭の芝生はまだ少し湿気を帯びていてお尻を濡《ぬ》らし、家の花壇に植わっているひまわり《アプタップペレス》は雨が止んだ夜に格段に香る。家の中から、兄《アカ》の生まれたばかりの赤ちゃんの泣き声が聞こえてきた。それが静かな夜の唯一の音だった。やがてそんな静寂に私がうとうとし始めると、母は私を抱き上げてベッドに寝かせ、耳元で小さく囁《ささや》いてくれた。

「良い夢を見なさい《ヤフシ・チュシュ・キョルン》」

　大人になってはじめて、空気中が澄むのは、空気に浮遊する砂埃を雨が濯《すす》いだからだと知った。道理で雨を浴びた後、乾くと私たちはいつも埃だらけになったわけだ。

　柳凝月《りゅうぎょうげつ》先生と出会ったのも、日光が厚い黒雲に遮られ、雨が激しく降り頻《しき》る日だった。

　日本に来たばかりの頃、日本語は五十音しか分からなかった。飛行機を降りてふと「成田空港《チェンテェンコンガン》」と書いてある掲示板を目にした時、「空の港、なんて素敵な比喩を使う国か」と思ったくらいだった。

　それから半年経《た》った四月、大学の門が面している坂道の両側に咲き乱れる桜を、えんどう豆ほど大粒の雨が散らしていった。その光景を見ると、中学で習った袁宏道《ユァンホンダウ》の「此雨為西湖洗紅《ツーユーウェーシーフーシーホン》（此《こ》の雨は西湖《せいこ》の為《ため》に紅を洗う）」という文がふと思い浮かんだ。「洗紅」、薄紅色の桃の花弁が雨に洗い流されて舞い落ち、西湖の畔《ほとり》に降り積もっていく光景がこの二文字に上手く凝縮されている。その美しい表現を嚙《か》み締めるのと同時に、日本に来てなお袁宏道の散文を思い出すなんて、我ながら随分と漢化してるな、と密《ひそ》やかに苦笑した。

　春学期「総合日本語2」のクラスは二十五人、その半分が中国人だった。初めての講義では例によって自己紹介をした。日本語はまだ片言だけど、「新疆《しんきょう》」「ウイグル族」などの固有名詞は予《あらかじ》め調べておいた。つかえながら辛うじて自己紹介を終えると、教室中に微かなざわめきが広がった。

「她刚刚说啥？（彼女、今なんつった？）」と、左後ろの席に座っていた針鼠《はりねずみ》のような髪型の男が囁き声で隣の女に訊いた。

「她说她维吾尔人！（ウイグル人だって！）」濃いアイシャドウにつけ睫毛《まつげ》の女が同じ囁き声で答えた。

「这可奇了。话说她不说也没人知道，干嘛强调自己是维吾尔人？（これは珍しい。てか、言わなきゃ分かんないのに、なんで自分はウイグル人だとわざわざ強調するんだろう？）」と男が舌を鳴らしながら独《ひと》り言《ご》ちた。その両目が後ろからじろじろ私を見つめているのを想像すると、背中が燃えるように熱く感じた。

初めて新疆を離れた時のことを思い出した。大学卒業後、仕事が始まる前のモラトリアムに、一人で北京を旅したのだ。汗が噴き出る猛暑の中、私は故宮博《グーゴンブォー》物院《ウーユアン》で清《しん》王朝を偲《しの》び、南锣鼓巷《ナンルオーグーシャン》で老北京炸酱面《ラウベージンジャージャンミエン》を頬張り、夕方になると什《シー》刹海《チャーハイ》で柳の木に倚《よ》りかかって暮れ泥《なず》む夕空を眺めた。夜になると予約しておいたホテルに向かったが、身分証を見せた途端に宿泊を断られた。それから何軒も回ったが、どこも新疆出身と分かると門前払いを食らった。キャリーケースを引き摺《ず》りながら八時から十一時まで探し回って、やっと泊めてくれる小さなビジネスホテルを見つけた。宿泊手続きを済ませて部屋に入り、ベッドに横になってようやく一休みできると思いきや、誰かがドアを叩《たた》き始めた。「開けろ」と乱暴な男の声が何度も叫んだ。慌ててドアを開けると、男の公安《ゴンアン》が三人、目の前に立ちはだかっていた。新疆のどこ出身なんだ？　北京に何しに来た？　両親の職業は？　大学で何を勉強してた？　と、犯人を訊問《じんもん》するようにあれこれ根掘り葉掘り問い質《ただ》され、英吉沙《インジーシャー》県《シエン》、旅游《リューヨー》、农业《ノンイエー》、化学《ホアシュエ》、と逐一汉语《ハンユー》で答えると、今度は荷物を全部キャリーケースからぶちまけられて検査された。「大丈夫だ、こいつは普通の女だ」二十分後、一人の公安が私のナプキンのパックの隅を親指と人差し指で抓《つま》んで振り回しながら、蔑《さげす》むような声音で言い捨てた。それから指を離すと、ナプキンのパックは飛んでいって部屋の壁にぶち当たり、パタンと床に落ちた。公安たちはぞろぞろと去っていった。蝗害《こうがい》に見舞われたような部屋に立ち尽くしながら、自分の心音だけがはっきり聞こえていた。次の日にホテルの支配人がやってきて、当局に目をつけられるのが怖いからこれ以上私を泊めるのは難しい、と申し訳なさそうな顔で何度もお辞儀をしながら謝った。

自己紹介の前に心の準備はしていたが、実際陰口を叩かれるとやはり少し傷付いた。私は恐る恐る先生の方へ視線を向けた。先生は名前は漢族風だが、出身がどこなのかは知らない。もし中国出身で、ウイグル人に対して差別意識を持つ人だったらどうしようと怖かったのだ。

ところが私の自己紹介を聞いて、先生はただ頷《うなず》きながら微笑みかけた。小さく端整な顔に浮かぶ、月《アイヌル》の光のように柔らかい微笑みだった。眼鏡をかけているが、レンズの向こうにある両目まで笑っているように見えた。

私は子供の時に母と一緒に見た星空を思い出した。あの星空に月《アイ》があったかどうかは覚えていないが、今目の前にあるのは紛れもなく月なのだ。際限なく広がる黄土の砂漠を覆う黒いビロードのような夜、そこに嵌《は》め込まれた銀色の三日月。時の流れるままに削られ、抉《えぐ》り取られ、損なわれていきながら、それでもなおひと欠片《かけら》中空に懸かり、柔らかい光を放っている。その光を浴びながら月を見上げると、何か予感めいたものがもたらされたような気がして、訳もなく寂しくなった。

三山《サンシャン》夾《ジャー》兩盆《リャンペン》(2)、砂漠、ウイグル自治区——それが玉麗吐孜に出会う前に私が持っていた、新疆に関する知識の全てだった。

中学の地理の授業で中国地理を勉強する時、西部地区が一番楽だった。面積が大きい割に省の数が少ないから地図を描くのが楽だし、重要な都市も少ないから覚えやすかった。とにかく砂漠ばかりで乾燥していること、昼と夜の気温の差が激しいこと、陽射しが強いから果物が甘くて美味《おい》しいこと、などさえ覚えれば、試験で減点されることはほぼない。当時の私にとって「新疆」という名詞の存在意義は、試験で点数を取ること、それだけだった。

受験のために要領よく詰め込んだ知識がほとんど消え去った今でも、「烏魯木《ウルム》斉《チ》」という言葉だけが妙に記憶に残っている。新疆ウイグル自治区の首府を指し示すこの言葉は、しかし記憶では幼い頃の私の泣き声を伴って、全く別の意味で再生される。

「金を出して学校に行かせるのは、そんな烏魯木齊《オーローボッゼー》なことをやらせるためじゃないのよ。あんたみたいな親不孝な子、金を稼ぐのがどれほど大変かも知らないで！　今日こそ叩き殺してやるから今に見てなさい！」

母は針金ハンガーを九歳の私の身体に振り下ろしながら、台湾語でヒステリックに喚《わめ》いていた。烏魯木齊《オーローボッゼー》とはどういう意味か当時の私には分からなかったが、勿論そんなことは訊けなかった。

後になって知ったことだが、台湾語の烏魯木齊《オーローボッゼー》とは、いい加減な、めちゃくちゃな、という意味らしい。新疆は台湾から遠いし、漢族からすれば文化レベルが低い蛮夷《ばんい》の地だったから、烏魯木齊という言葉はそういう意味で台湾語に定着したという。

その後はミミズのように赤く腫れ上がる肌を隠すために、真夏にもかかわらず

（2）三つの山脈に挟まって二つ盆地があるという、新疆の地理的特徴を指し示す地理学の術語。

長袖で学校に通った。それでも隠し切れず、私の痣《あざ》だらけの腕を見咎《みとが》めたクラスメイトは笑いながらひそひそと何かを話した。「なんだ？　家庭内暴力か？」といたずら好きな男子がすれ違いざまに私を嘲った。

私がした「烏魯木齊」なこととは、日本語の勉強だった。

テレビで日本のアニメを観《み》たのがきっかけで、私は日本語を独学し始めた。それが原因で学校の勉強が疎《おろそ》かになり、定期考査の成績がクラス二位から十位に落ちた。更に授業中に日本語のテキストを読んでいたところを先生に見つかり、先生が両親に言いつけたのだった。両親は戒厳令の敷かれる中で国民党による反日教育を叩き込まれた世代だから、かつての植民者の言葉を快《こころよ》く思っていなかった。

それから私は、両親が望むようなこと以外の全てが「烏魯木齊」なことだと悟った。「烏魯木齊」ではないこととは、よく勉強をし、良い成績を取り、良い大学に入り、高給の仕事を手にし、お金を沢山稼ぐことだ。親をがっかりさせないために、「烏魯木齊」なことをなるべくしないようにした。日本語の本も大学に入るまで二度と触らなかった。

中学の時に、隣のクラスの女の子を好きになった。特に綺麗《きれい》な子ではなく、成績もそこまで良くはなかった。顔はどちらかと言えば地味な方で、いつもピンクのフレームの眼鏡をかけていて、白い出っ歯が覗《のぞ》いていた。その中学は学力でクラス分けをしていたが、私は進学クラスで、彼女は普通のクラスだった。あの日、私は髪の毛が校則（おかっぱ頭で、毛先が襟に届いてはいけない）より二センチほど長かったのが生活指導主任に見つかり、グラウンドを走らされている時に転んでしまった。両膝とも擦り傷を負って、血の滲《し》み出る傷口がグラウンドの赤土まみれになっていた私を、偶然通りかかった彼女が保健室まで連れていってくれた。それが知り合うきっかけだった。

彼女は笑うと小さな笑窪《えくぼ》が両頰にできてとても愛らしく、兎《うさぎ》のような出っ歯も愛《いと》おしかった。小柄で華奢《きゃしゃ》な身体はガラス細工の人形のようにうっかりするといとも簡単に壊れてしまいそうで、それを見る度に私は守るように、庇《かば》うように、注意深く抱き締めてあげたいという衝動に駆られた。自分自身の感情に迷いはなかった。自分の胸裏に蠢《うごめ》く情動が、いわゆる恋愛感情というものだと私は本能的に分かっていた。友愛でも、手を繫いで一緒にトイレに行くことの延長線上にあるものでもない。トイレの中でしたいことと言えば、彼女の身体に触れ、唇を重ねること、そんな類《たぐい》の感情だった。私たちは廊下ですれ違う時に挨拶を交わすような仲になったが、それだけだった。別のクラス、ましてや学力が違うクラスの人とあからさまに仲良くするのは学校ではあまり良しとされないし、私自身もまた怖かったのだ。女の子にそんな感情を抱くのは、それこそ最も「烏魯木齊」なことの一つに違いない。そう思った私は誰にも自分の想《おも》いを明かさず、胸の奥底に深く深くしまい込んだ。ただそれまで目が悪いにもかかわらず頑《かたくな》に拒んでいた眼鏡だけは受け入れられるようになった。

——本物の烏魯木斉《ウルムチ》でも、それは「烏魯木齊《オーローボッゼー》」なことなんだね。

笑いながら玉麗吐孜にそう話すと、彼女はむっと頬を膨らませた。全く、あなたたち漢族は本当に自己中心的なんだから。ウルムチは元々、「美しい牧場」の意味なんだぞ。

知ってる。ウィキペディアで調べたの。私は玉麗吐孜の頬を指で小突きながら言った。清朝の時は「迪化《ディーホア》」という名前だったでしょ？

そうだよ、人を征服しておいて「启迪 教化《チーディージャウホア》（啓蒙《けいもう》し、教え導くこと）」なわけ。

そう言えば、台北にも「迪化街《ディーホアジエー》」があるの、知ってる？　ふーん、知らない。

なんで？　そこの人たちも启迪教化が必要だったの？　違うの。蒋介石《しょうかいせき》が共産党に負けて台湾に逃げてきた時、新疆の迪化に因《ちな》んで名前を付けたの。共匪《ゴンフェ》(3)に敗れた恥辱を忘れない、いつかは大陸を取り戻す、という誓いを込めてね。

なんか、自慰みたいじゃん。そうよ、お偉いさんたちはマスターベーションが大好きなの。あちこちに中山路と中正路(4)を作ったり、学校の中に自分の銅像を建てたりしてね。だからタクラマカン砂漠の面積の九分の一しかない台湾には、南京もあれば桂林もあって、成都もあれば長安もあるの。

そんなことを聞くと、行ってみたくなるな。私も、新疆に行ってみたいな。

そんな言葉を交わしながら、私と玉麗吐孜は行ったことのない互いの故郷に思いを馳《は》せる。都電荒川線の終点駅の近くにある、この二十平米の狭い部屋のシングルベッドに身を横たえながら。梅雨はなかなか明けない。しとしとと滴る水の音を聞いていると、部屋の空気にまで雨が滲《にじ》んだような気がした。

☆

「ユルトゥズ、休憩に入ります」

(3) 中国共産党を罵って言う語。
(4) 「中山」は孫文の号で、「中正」は蔣介石の名。

昼のピークが過ぎると、犇《ひし》めき合っていた客がさっと消えていった。店内には僅か数人の学生しかおらず、それぞれイートインの席でのんびり弁当なりカップラーメンなりを食べている。張り詰めた神経の糸がやっと弛緩《しかん》を許され、私はおでんのつゆと足りなくなった中華まんを補充し、チキンを冷凍庫から取り出してフライヤーに入れた。店長はレジを順番に回って点検し、お釣りとして必要な分の現金だけレジに残して、あとは事務所に持っていった。一時半になると、私は挨拶をし、休憩に入った。

事務所には二時からシフトに入る柏木聡《かしわぎさとし》と、一時に上がったばかりの小谷絵美《こたにえみ》がいた。二人とも賄《まかな》いの弁当を食べている。このコンビニはW大学の構内にあるから、アルバイトもW大学の学生が多い。聡も絵美も二十歳で、今はW大学の二年生。聡は縦長の長方形の下辺の角を丸く削ってできたような、顎の広い顔で、ショートレイヤースタイルの髪型をしている。とりわけ格好がいいわけではないが、清潔感があり、常に爽やかに笑っているから、好青年のイメージが強い。絵美は瓜実顔《うりざねがお》で、長く真っ黒な髪は墨汁の滝のように両耳を覆い隠し、胸元まで流れている。背が小さく、話す時はいつも上目遣いで、潤いを含んだ大きな瞳が印象的だった。食費が浮くからと、二人はいつもシフトの前後に事務所で賄いを食べている。

「ユルトゥズさん、おはようございます」

聡の礼儀正しい挨拶に、私も同じ言葉で返した。そして、「ああ、お腹空《なかす》いたー」と呟《つぶや》きながら、店員用の丸椅子に腰を下ろした。よし、今の呟き方はかなり日本人っぽいはずだ、と密かに思いながら。

「お弁当あるよー」

と絵美が言った。日本には小柄な女の子が沢山いるが、絵美の小柄ぶりには、どこか儚《はかな》い印象を与えるところがあった。起きている時はいつもハキハキと喋《しゃべ》り、仕事中も常にテキパキと動き回るからあまり感じないが、一度、事務所で寝込んでいるところを見たことがある。店長用のオフィスチェアに腰を掛け、右腕を枕にして、机に顔を伏せて静かに寝ていた。長い黒髪は背中から滑り落ち、左腕とともに力無さそうに宙に垂れている。その時初めて、彼女の肩幅がこんなにも狭く、体つきがこんなにも弱々しいことに私は気付いた。規則的に起伏する背中を見ていると、今にも身体の輪郭がぼんやりとぼやけてどこかへ消えてしまいそうな錯覚にとらわれた。品出しのために事務所に戻ってきた店長も彼女を気遣って、音を立てないようにゆっくり商品を運び出した。事務所を出る前に一度振り返り、指を唇に当て、私に向かって「しっ」とまで言った。

絵美は体型からして大食いとは思えないが、いつも大量の賄いを持ち帰っている。初対面の時から私にはかなり懐いているようで、私より五歳下にもかかわらず、いつも親しげにタメ口で話しかけてくる。しかし彼女が何を考えているか、私にはほとんど見当がつかない。

「ありがとう」

私は廃棄になった食品の山を漁《あさ》った。消費期限が過ぎる寸前の弁当やおにぎりやデザートは売場から下げられ、私たち店員の賄いになるのだ。

「えー、ユルトゥズさんそれで足りるのー?」

プリンと赤飯のおにぎりしか手に取らなかった私を見て、絵美は訊いた。絵美は声が高い上に、上昇調の疑問文の語尾を妙に長く伸ばす癖があるから、額から発声しているように感じられた。「足ります」という言葉は、ついこの間の授業で覚えたばかりだ。

「はい、大丈夫です」

言葉を発した後、自分が年下のタメ口遣いの女の子に敬体を使っていることに気付いてハッとしたが、訂正するのもわざとらしいのでやめた。

「牛肉の、あるよ？」

絵美は牛カルビ重の弁当を指差しながら言った。「イスラム教は豚肉が食べられないでしょ？　牛肉なら大丈夫だよね？」

絵美には私の宗教について話したことがあるが、日本語力が足りずハラールの説明まではできなかった。日本ではハラール処理されている肉を見つけるのが至難の業なので、ベジタリアンではないが、肉はなるべく食べないようにしている。

「大丈夫、お腹あまり空いていない」

ハラールの説明はやはり私には難しいので、そう言って誤魔化すことにした。今回はちゃんと常体で、それも「〜ていない」の文型で言えたことに少しばかり達成感を覚えた。しかしすぐに、「お腹空いたー」と三分前に呟いたばかりなのを思い出し、居《い》た堪《たま》れない気分になった。穴があったら入りたかった。

幸い絵美は私の矛盾を指摘することはせず、「お疲れ様でした」と挨拶をして帰っていった。

ほっとしたのと同時に、私は疲労感を覚えた。日本語を習って一年近く経つのに、今でもこんな何ともない会話でさえ上手く熟《こな》せない自分が不甲斐《ふがい》なくて仕方なかった。

21世紀の日本語教育における音声指導の在り方について

――音声教育の歴史を振り返りつつ――

柳　凝月

……機能主義言語学を理論的基盤としたコミュニカティブ・アプローチは、総合的なコミュニケーション能力の育成を目指した練習を重視しているため、パターン・プラクティスに代わり、ロールプレイなどの活動が導入されるようになった。その結果、単音レベルの発音練習はさほど重要でないという考え方が定着したように思われる。こうして、コミュニカティブ・アプローチの全盛期は、次第に発音指導が行われる機会が失われていったのである。しかし、発音の問題で学習者の言いたいことが伝わらないことが多々あるという現実からも、今や音声はミクロ、談話はマクロという二項対立的な捉え方は、教育現場の実態にそぐわないと言える。

ここまで書いて、キーボードを叩く指が止まった。こんなことを主張するのに一体どんな意味があるのかと、ふと投げやりな気持ちになった。

金曜の午後の職員室はどことなく閑散としている。午前の二コマの「総合日本語2」しか授業がない松原さんは自分で淹れたお茶を啜《すす》りながら、W大学の日本語教育の紀要を読んでいる。私も三限目の「漢字4」以降授業がないので、日本語教育学会秋季大会に提出する口頭発表の要旨を書いている。

キーボードの横に積んである論文のプリントの山から適当に一本取り出して読み始める。筆が進まなかったり、モチベーションを失いそうになる時はいつもそうしている。言葉の海に潜ると、自分の言葉も探しやすくなる。

「柳さん、論文書いてるの？」

背後から松原さんの声がした。振り返ると、湯気の立つ湯呑みを持ちながら松原さんが斜め後ろに立っていた。

「どうぞ。あまり頑張り過ぎないようにね」

そう言いながら、松原さんは湯呑みを私に差し出した。

「ありがとうございます」

両手で湯呑みを受け取り、浅緑のお茶を一口啜った。新緑の香りが微かな甘みと共に口の中で広がった。「秋の学会で口頭発表をすることになったんです」

非常勤講師でも学会で発表したり、紀要に論文を投稿したりする資格がある。研究業績が増えると常勤講師として採用してもらいやすくなる。常勤講師になれば生活も少しは楽になる。

現在四十代の松原さんは日本語教育歴二十年の大先輩で、十年前に非常勤講師としてW大学の別科に着任し、その三年後に常勤講師になったのだ。私がまだ大学院生だった頃、松原さんのクラスのTA（ティーチングアシスタント）を担当して、お世話になったことがある。

「柳さん、発音にこだわりがあるもんね。道理で綺麗なわけだ」

松原さんは私の背後から身を乗り出して、モニターに映っている書きかけの原稿にざっと目を通した。

「学会では批判も多いですけどね」

私は苦笑しながら言った。

大学院では音声学と音韻論を専攻し、修士論文では音響解析の手法で日本語母語話者と日本語学習者の有声音の発音における有声開始時間の違いについて書いたが、この分野は取っ付きにくそうなイメージがあるからか、私の研究は学会ではあまり人気がない。強く批判する人もいる。彼らの多くは、「今どき正しい発音を学習者に求めるのは酷だ、発音が正しくなくても、意味が分かればいいのではないか」などともっともな意見を口にする。しかし私からすれば、日本社会で非母語話者が置かれている状況、発音が訛《なま》っていると馬鹿にされかねない現実を彼らはあまり理解していないように思える。

「そう言えば、実沢《さねざわ》さんから連絡があったわよ。柳さん、連絡取ってる？」

急に思い出したように松原さんが言った。

「本当ですか？　何て言ってましたか？」

実沢志桜里《しおり》は大学院時代の同期で、研究室こそ違ったものの、松原さんの授業で何回か一緒にTAをやっていた。大学院修了後、彼女はネットで日本語教師の仕事を見つけて台湾に旅立った。今は台北に住んでいる。フェイスブックを見る限り、たまには日本に帰ってきているようだが、連絡はあまり取っていない。

前回会ったのは三年前で、当時二十六歳の彼女は身内が誰もいない台湾で職場の経営者を相手取って、賃金未払いの訴訟を起こしている最中だった。裁判のストレスで精神的に参っていて、休養のために日本に戻ってきたのだ。彼女と会ったのは陽射しが明るい初夏の午後で、私たちは井《い》の頭池《かしらいけ》でローボートを漕《こ》ぎ、井の頭公園を二周し、吉祥寺《きちじょうじ》の商店街を漫《そぞ》ろ歩きした。別れ際に彼女は嗚咽《おえつ》混じりの声で、「もう台湾に戻りたくないよう」と小さく呟いた。私はそっと彼女の腰に腕を回し、彼女は静かに私の肩に頭を預けた。涙が服を濡らしていくのを感じた。彼女の髪が纏《まと》っていた苺《いちご》のような甘い香りを今でも覚えている。

松原さんは誰も知らない宇宙の神秘を初公開するかのように勿体《もったい》ぶって、

「なんと、結婚するんだって、向こうの男と」

と、私の耳元で囁いた。

志桜里の表情が脳裏に浮かんだ。初夏の夕陽を背にしながら両目を赤く泣き腫らした志桜里は美しくもどこか頼りなく、空をのぼるシャボン玉を連想させた。

☆

家に着いた時はもう夜十一時だった。

ダイニングキッチンには人がいないが、電気は点《つ》けっぱなしだった。李倩《リーチエン》の部屋はドアが閉まっていて、ドアの下の隙間から黄色い光が一直線に零《こぼ》れていた。

部屋の中からはスプリングマットレスのバネの微かな音が聞こえてくる。溜息《ためいき》を吐《つ》き、私はキッチンの電気を消し、自分の部屋に戻って、ドアを閉めた。

金曜日はきつい。午前は「総合日本語2」が二コマ、午後は「外来語を学ぶ2―3」が一コマ入っている。新しい単語と文型を頭に詰め込むのに必死なのに、頭脳労働の後には休息の暇もなく肉体労働が続き、三時から十時までコンビニのバイトが入っている。

キャンパス内のコンビニは夜十時閉店で、最後のシフトに入っている人は店の掃除、フライヤーや蒸し器、コーヒーマシンの手入れ、そして食品の廃棄作業やレジの集計などもしなければならない。

今日のラストは私と絵美だった。店を閉めた後、私たちは事務所で雑談しながら賄いを食べた。といっても喋っているのは主に絵美の方で、私は彼女の日本語についていけず、ほとんど黙って聞いていた。彼女はとても早口で、話は半分くらいしか聞き取れていないと思うが、理解できないところを訊き返そうにもなかなかタイミングが摑《つか》めず、そもそもどこが理解できていてどこが理解できていないのかもよく分からず、結局あやふやなまま聞き流すことが多い。彼女は自分の生活や、履修している授業の内容について話してくれたが、私に掬い取れるのは、一人暮らししていることや、経済学を専攻していることといった、大雑把で表面的な情報だけだった。

賄いを食べ終え、絵美は売れ残りの肉まんやピザまんと、廃棄になったスパゲッティや牛カルビ重を袋に詰めた。そしてもう一つの袋にティラミスやプリンといったデザート類を入れた。賄いは事務所で食べるもので、家に持ち帰ってはいけないというルールは一応あるが、ラストを担当する人がこっそり持ち帰ることはよくある。店長も知らない振りをしてくれている。

二つのレジ袋を提《さ》げながら事務所を出ていく絵美の背中を、私はおにぎりを食べながら見ていた。仕事の時は結《ゆ》っていた長い髪は下ろされ、無機的な蛍光灯の光を反射して冷たく光った。事務所は大学のビルの一角にあり、この時間になるとどの部屋も大抵は消灯していて、そこから出ると人の気配がしない薄闇だった。彼女の背中はまるで闇に溶け込むように消えていった。

荷物をベッドに置き、スマートフォンを取り出す。キブラコンパスのアプリを起動し、それが指し示すメッカの方角に従って礼拝《ナマーズ》を始める。日本では一日五回は難しいが、早朝の礼拝《バムダード》と夜の礼拝《フフタン》だけはなるべく欠かさないようにしている。ルームメイトの邪魔にならないよう、経文は声に出さず心の中で唱える。

四ラカートの礼拝が終わった後、シャワーを浴びることにした。狭い風呂場に湯気が充満すると、視野が朦朧《もうろう》としてきた。シャワーヘッドから降ってくるお湯が一日で溜《た》まった汗と汚れを流し去るのを感じながら目を閉じると、疲労のせいか、様々なイメージがぼんやりとした頭の中を流れていく。絵美の遠ざかる背中、柳先生の柔らかな微笑み、李倩がぐるりと背を向ける時に弧を描くように靡《なび》く黒髪。その黒髪は夜空を思わせる。子供の時に見た果てしない星空。狭い教室で学んだ日本語。星《ユルトゥズ》は星《ほし》、月《アイ》は月《つき》。汉语《ハンユー》は中国語《ちゅうごくご》。「漢語《かんご》」では通じない。日本では漢族の言葉がそのまま中国の言葉になる。クラスでは中国人が半分を占めている。ウルムチの高校でも漢族の生徒が半分を占めていた。新疆の首府なのに漢族の人数はウイグル族とほぼ同じだった。「一人っ子政策の対象から外してくれた党に感謝よ、じゃないとあなたは生まれてこなかったもの」と母は私の額を撫でながら静かに言った。でも七五事件の時沢山の人が殺された。星の数のような人――星、ユルトゥズ、玉丽吐孜《ユーリートゥーズー》、玉麗吐孜《ぎょくれいとし》……

風呂場を出た時、李倩の部屋の電気はまだ消えていなかった。男の濁った鼻息の音が聞こえた。思い切って注意しようとドアの前に立ったが、そのまま身を翻《ひるがえ》して、自分の部屋に戻った。

李倩と付き合い始めたのは、日本に来て間もない頃だった。

日本に来てすぐ、私は腰までかかった黒髪をばっさり切って、茶色に染めた。美容師との意思疎通で苦労したが、出来には満足した。二十四年間伸ばしていた髪に別れを告げ、美容院を出た瞬間はまるで生まれ変わったような気分で、目に映る景色も全てそれまでよりも鮮やかに見えた。それから上野のアメ横に行って、安い男物のジーンズとシャツを何着か買った。帰りの電車で「外回り《ワイホイり》」と「内回り《ネーホイり》」の意味が分からず方向を間違えたことも、道に迷ってハングルだらけの街を一時間彷徨《さまよ》ったことも昂《たかぶ》る気持ちに影を落とさなかった。日本に来て良かった、ここでなら自由になれそうだ、と思った。

授業で知り合った李倩とルームシェアを始めた日、二人でこっそりアパートの屋上に上った。秋風に吹かれながら夕焼けに向かって飛びゆく鳥の大群をぼんやり眺めていた時、まるで自分も羽ばたいているような高揚感に包まれた。あの時彼女の長い黒髪に夕陽が滲んで、炎のように爛々《らんらん》と輝いていた。

それから数か月、とても寒い冬の夜に、李倩に別れを告げられた。一緒にいるのが辛《つら》いし、男もできたから別れてほしい。負い目を感じているのか、私から目を背けたままそう告げると、彼女は背を向けて自分の部屋に入り、ドアがパタンと音を立てて閉まった。私はドアを叩かなかった。彼女の肩を摑んで揺さぶり、納得のいく説明を求めたかったが、そうはしなかった。綻《ほころ》び始めた蕾《つぼみ》がいきなり手折られたようなやるせなさが胸をきつく締め付けたが、それでいい、李倩の選択が正しい、という気持ちが心のどこかにあった。

タオルを頭に巻いたままベッドに倒れ込み、青白い天井を暫《しばら》く眺めた。剝がれかかったペンキは老女の皺《しわ》のように見えた。そんな皺が一つもない滑らかな肌の李倩は今、隣の部屋で喘《あえ》いでいて、合間に男の囁き声が混ざる。日本に来て九か月経とうとしている。新大久保にあるこの三畳の安い部屋が、今の私に支配できる世界の全てだ。

互いの身体に触れ合った後、玉麗吐孜はいつも気持ちが塞ぎ込む。ついさっきまで私の上にのしかかり、両目に貪欲な光を湛えながら私の唇や身体を求めていたのに、肌と肌が触れ合うと境界線がなくなって一つに溶け合うように感じられたのに、私の身体に唇を這《は》わせて歯を立て、あちこち歯形と真っ赤なキスマークを残したのに、情欲の嵐が過ぎると中身を抜き取られたようにぐにゃりと全身が脱力し、表情が沈み込む。話しかけても返事をしないし、優しく抱き締めても腕を振り払われるだけだった。

一度イラッとして、「いい加減にしなさい、ここでは私はあなたの先生じゃないのよ？　そんな子供みたいに臍《へそ》を曲げるなら、もう出ていってちょうだい」と言ったことがある。すると彼女はいきなり泣き始めた。私には分からないウイグル語で、何かを切実に訴えるように呟きながら、鼻水を垂らして泣いた。私は笑うに笑えず泣くに泣けない気持ちになり、彼女を静かに見守りながら泣き止むのを待った。過去に辛いことを経験したからか、玉麗吐孜は普段人には弱みを見せず、強がっているような節がある。そんな彼女が泣き顔を見せてくれたのも、私に頼ってくれている証《あかし》なのかもしれないと思うことにした。

しかし、玉麗吐孜は私の前では決して礼拝をしない。まるで私の存在と彼女の宗教が相容《あいい》れないものかのように。彼女がムスリムであることも、ハラール処理していない肉を食べないことも、イスラム教の礼拝をしていることも、私は知っている。時々鳴り出すスマートフォンのバイブレーションは、礼拝の時間を知らせてくれるアプリなのも分かっている。私の家では私たち二人しかいないんだから、私を気にせず礼拝してもいいのよ、と言ったこともあるが、彼女はただ笑って話を逸《そ》らした。

「柳先生、いつか治ると良いなと思ったことはないの？」

玉麗吐孜にそう訊かれたことがある。あの時彼女はとても苦しそうな表情をしていた。自分の犯した過《あやま》ちを恐れ、心底悔いているような表情。私には分からなかった。誰かにビニールのホースで打《ぶ》たれるかもしれないという恐怖も、狭いクローゼットに閉じ込められるかもしれないという不安もないのに、何故あんな表情になるのだろうか。

私が黙っていると、彼女は続けた。

「私は何度も思ったよ。自分が男だったら、あるいは異性愛者だったら良かったのにって。そうしたら誰も悲しませずにすむのに」

「病気ではないから、治る必要はないの」

私は彼女の両目を見つめながら、静かに言った。

「あなたには分からないんだよ」

彼女は目が合うのを避けようと視線を逸らした。「私が生まれたのは、とても小さな小さな村だった。七割の住民が知り合いのような村だったんだ。そんな村では秘密なんてものはなかった。子供が結婚適齢期になると仲人《なこうど》が勝手にやってきて相手を紹介してくるような村だった。同性愛者なんて聞いたこともなかった。もし本当に誰かの家にそんな人がいたら、それは不倫よりも未婚出産よりも恥ずべきことだったんだよ」

「でもあなたは今日本にいる」と私は言った。「自分で選んで日本に来たんだから、自分を自由にしてあげようよ」

日本ではスカートを穿《は》かなくてもいいし、髪だって短くできる。そう言ったのはあなたじゃない？

玉麗吐孜は二、三度ゆっくり首を振った。

「自由って何？」

そう訊かれて、脳裏にふと母の声が再生された。週末なのに家に帰ってこないなんて、この親不孝な娘が！　高校生の時、一人暮らしの部屋で、電話越しに伝わってきた母の声音は、シーシュポスが押し上げる巨岩よりも重く感じられた。私はもう十七歳なんだから、自分の生活が欲しいのよ、どうして自由にさせてくれないの？

「何言ってるの、七十歳になっても、私たちにとってあんたは子供よ」

あの午後の、一人暮らしの部屋の窓から差し込む目を焼くような陽射しと、母のこの言葉は今でもよく覚えている。

別の日に誰か知らない人の結婚披露宴に連れていかれた時、およそ二、三年に一度しか会わない遠縁の親戚が私の腕に蠢くミミズに気付き、お宅は子供のしつけが厳しいね、と薄笑いを浮かべながら言った。すると父も笑いながら、子供は叩かないと良い大人になれんのだよ、と言ったのもよく覚えている。両親のお蔭《かげ》で私は良い大人になった。そして彼らの鞭《むち》も声も届かないところまで飛んできた。

「自由ってのは」

と、私は玉麗吐孜に言った。「良い大人になること、だね」

☆

「ユルトゥズ？　元気か？《ティンチリックム》」

無料通話アプリを通して数か月ぶりに耳にした父《アタ》の声が、少ししわがれているように聞こえた。

父は今年七十歳になったばかりだった。何十年も農業を営んでいてテクノロジーには疎《うと》い父だったが、私が日本に渡った後に必要に迫られ、兄《アカ》に教えてもらいスマートフォンの使い方を覚えた。普通の国際電話は高いだけでなく、傍受もされやすいからだ。

私は四人兄弟の末っ子で、上には兄《アカ》が一人、姉《アチャ》が二人いる。私以外みんな結婚している。姉たちは夫の家に嫁いだから、実家では今は両親と兄家族が一緒に住んでいる。

「元気《ティンチリック》。ごめんね、夜遅くに。さっきまでアルバイトだったんだ」

「構わんよ、こっちはまだ明るいんだ」

言われるまですっかり忘れていた。新疆では北京時間を使ってはいるが、地理的には北京より二時間も遅れている。真夏の日没は夜十時前後、日本時間にすると十一時だ。今は日本時間の夜十時、東京は真っ暗になっているけれど、新疆はまだ明るいわけだ。新疆にいた頃は、午前十時に授業が始まり、午後二時にお昼を食べ、七時に下校するような生活を当たり前のように送っていたが、日本の生活に慣れた今となってはもはや遠い昔のようで、懐かしくすら思える。

「そちらも、みんな元気？」

「ああ、元気だ」

「母さんも、元気？」

「ああ」

「兄さんと家族も？」

「ぴんぴんしてるよ。こないだも第二の新婚旅行っつって、みんなで内地に行ってきた。内地でしか手に入らねえ花の種を買ってきてな、お蔭で家の花壇の花の種類がまた増えたんだ」

　暫く当たり障りのない会話が続いた。伝えたいこと、気になることが沢山あるけれど、どれも簡単には口にできないから、他愛《たわい》もないやりとりで空白を埋めるしかなかった。心配をかけてはいけないし、悲しませるのはもっと嫌だ。父もそう思っているに違いない。私に心配をかけたくないから、何があっても元気だと言うだろう。

　それだけではない。新疆は古くから独立運動の動きが絶えない上、近年も民族紛争による騒乱が何度も起こっているから、ずっと中国政府に目をつけられている。世界各地で頻発するイスラム過激派によるテロ攻撃は、火に油を注ぐように政府の警戒を強めた。私が日本に来て間もなく党委書記が代わり、それ以降状況はひどくなる一方だった。メディアではほとんど報道されていないが、伝え聞くところでは、新疆では今やイスラム教の礼拝も、ニカブやブルカの着用も、クルアーンを読むことも禁止されているらしい。違反者は強制収容所に拘束され、「再教育」の名目で拷問されるとの噂《うわさ》もある。そんな局面だからこのように海外と通話すること自体が危険な行為で、無料通話アプリを使っているとはいえ、通話内容は全て政府によって傍受されていると考えた方が良い。頻繁に連絡を取ってはいけないし、一言一句に気を付けなければならないから、自ずと無口になりがちだ。

「そう言えば、こっちはそろそろ夏休みだよ。久しぶりに帰ろうかどうしようか悩んでるんだ」

こちらの現状を明るく伝えるつもりだったが、それを聞いて父は押し黙った。不穏な空気の震えが電話越しに伝わってきた。

私はすぐ自分の不用意な言葉を悔いた。帰れそうもないのに、なんでこんなことを口走ってしまったのだろう。父にどう返事させるつもりだろうか。久しぶりに帰ってこい、と父は言わないだろうし、帰ってくるな、と言うのはあまりにも危険だ。

暫くしてから、父は喉が渇き切ったような苦しそうな声で、ゆっくりと言った。

「……日本に飽きたら、帰ってきてもいいぞ」

それはぎりぎりの警告だった。私だって知っている。一旦新疆に帰ってしまったら、もう簡単には日本に戻ってこられないだろう。独立運動の火種にならないよう、海外から帰国した新疆人はみな政府に呼び集められ、一か月集中的な思想教育を受けることになっている。再出国は決して簡単ではない。当初だって厳しい審査を経てやっと出国を許されたのだ。

高校と大学時代はウルムチで過ごした。大学を卒業した後の二年間は、出身大学の化学科で研究アシスタントの仕事をしていた。いつか大学院に進学し、化学研究者になるための下準備のつもりだった。しかしその下準備の間、私はウルムチの化学界の現実を目の当たりにした。研究者になることを女に期待する人は誰もいなかった。研究アシスタントをしていても、研究室の清掃のような雑用ばかりやらされ、専門的な知識や技術が全く身につかなかった。首府のウルムチでさえそんなものだから、新疆の他の都市は言うまでもないだろう。とはいえ、他の省に行っても二級市民になるだけだから、残された道は海外しかない。幸い家にはそれなりの貯《たくわ》えがあり、アシスタント時代の貯金もあるから、出国するための初期費用を賄うのはさほど難しいことではなかった。

海外であればどこでもよかったが、両親が気にかかるから中国から近いところにしたかった。技術力のことも考えれば、日本が最善の選択肢だった。当時はまだ日本語が全くできなかったが、漢字を使っている言語なら上達しやすいだろうと考えた。小さい頃、その方が将来的に進路の幅が広いからと、両親は私を漢語を使う小学校に入学させ、民考汉《ミンカウハン》(5)に育てた。それが意外とこんなところでも役に立った。

「……そうだね、もうちょっと考える」

と私は言った。電話は母《アナ》の手に渡った。日本の生活はどう？　全て順調？　みんなと上手くやってる？　いじめられてない？　大学院受験、上手く行きそう？　母の声は子供の頃の記憶のように柔らかく聞こえるが、どこか皺が入っていて、歳月の重みを感じさせるところがあった。李倩と柳先生の顔が思い浮かんだ。なかなか思うように上達しない日本語のことも考えた。幾つか目当ての大学院の募集要項には目を通した。知らない漢字はほとんどないのに、仮名文字の海に鏤められているとどれも見たことのない顔をしているように感じられた。辞書を引きながら辛うじて募集要項を読み終えても、読んだ後はほとんど何も頭に残らない。

大丈夫だから、心配しないで、と私は言った。大丈夫じゃなければならない。でなければあまりにも両親に申し訳ないのだ。

そうか、そうか、良かった、と母は言った。電話はまた父《アタ》の手に渡った。じゃ、そういうことだ、一人で外にいるんだから、身体にゃあ気を付けろよ。うん、また電話する。神様に託したよ《フダーイムガ・アマーネット》、良い夢を見なさい《ヤフシ・チュシュ・キョルン》。はい、良い夢を見てください《ヤフシ・チュシュ・キョルン》。

電話を切った後も、私は暫く追想に浸った。疎《まば》らな人家、乾燥した空気、砂埃の道。バザールがある日は驢馬車《ろばぐるま》が行列を成してバザールへ急ぎ、驢馬の臭いが日光と花の香りに混ざって匂ってくる。暇があれば父も私と五歳上の姉を驢馬車に乗せてバザールに連れていってくれる。バザールでは絨毯《じゅうたん》などの毛織物、陶磁器の皿や壺《つぼ》から、様々な草花、果物に軽食、羊などの家畜まで陳列されていて、何度見ても目まぐるしく感じる。商人たちは声を張り上げて客を呼び集め、それが驢馬の鳴き声と人の騒《ざわ》めきと、油で肉を焼く音とで響き合う。村から少し離れると、メロンやハミ瓜の畑と、扁桃《へんとう》の落葉樹林が四方に広がっており、更に外側

（5）少数民族でありながら漢族の言語である中国語で大学受験をする人々、ひいては漢化した少数民族に対する呼称。

へ進むと果てしない砂漠が立ちはだかる。空気が澄んでいる日には南の崑崙山《こんろんさん》脈《みゃく》まで見渡せた。星の見える夜に、たまに誰かの家からラワップ(6)の音が聞こえてくる。くっきりとした音の粒の連なりに耳を澄ませているうちに、いつの間にか眠りの淵《ふち》に沈んでいった。

泣き声が響き渡ったが、誰も振り返らなかった。
待合スペースは人で埋め尽くされてどことなく騒めいていた。右隣の留学生と思《おぼ》しき青年は静かに文庫本を読んでいて、左隣の黒人の女はその更に隣のアジア人と思われる男とひそひそと何かを話していた。斜め前でビジネススーツに身を固めた男がスマートフォンの画面に頻《しき》りに指を滑らせながら、時折苛立《いらだ》つように腕時計に目を遣《や》った。フロアは人いきれで蒸し暑く、それに対抗しているかのような強力なクーラーのせいで、顳顬《こめかみ》辺りが疼《うず》いている。フロア中にイラつきが溜まっていくのが肌で感じ取れる。天井からぶら下がるモニターに目を遣ると、番号がのうのうと点滅していた。順番が回ってくるまであと二百人やり過ごさなければならない。

入管ではいつも待たされる。「時間がかかる」というのが、入国管理局に対する外国人の共通認識と言ってもいい。まず一階で列に並んで申請書を受け取り、二階に上がったら狭い記入スペースで必要事項を書いた後、記入漏れがないかチェックしてもらうために、四、五回くらいくねくね曲がる長蛇の列に並ぶ。確認が終わってからやっと番号札が手に入り、そこから長い待ち時間が始まる。ディズニーランドの人気アトラクションでもあるまいに、立て札には平然と「待ち時間およそ150分です」と書いてある。

先《さっき》から泣いている赤ん坊を母親と思しき女性が一生懸命宥《なだ》めている。女性は紺色のヒジャブを頭に巻き、赤ん坊を両腕に抱きかかえてゆっくり揺らしながら、聞き取れない言語で優しく子守唄のようなメロディを口吟《くちずさ》む。玉麗吐孜が口にするウイグル語と少し似ているが、違うような気もした。とはいえ本当のところそれは同じ言語か、あるいは全く異なるものなのか、私にはてんで判断が付かなかった。

（6）ウイグル族の伝統的な撥弦楽器。

騒めきは窓の外の蟬時雨《せみしぐれ》のように少しも落ち着く気配を見せない。順番待ちの人々だけでなく、受付カウンターの中に座っている事務員たちもイラついているように見えた。あと何時間経てば、フロア中に溢《あふ》れ返る人の群れを捌《さば》けるのか——番号を進めるボタンを押しながら、そんなことを考えているに違いない。午後四時になると番号札の配付は終了したが、待合スペースにはまだざっと三百人はいる。目の前の受付で、この住民票はマイナンバーが記載されているから受け付けできないと告げられた背広姿の男が、「じゃ何のためのマイナンバー制度だよ」と小さく呟き、別の受付で四十代くらいの女性がたどたどしい日本語で「そうじゃない、こともいる、だいじょぶとおもたから」と懸命に何かを訴えている。

退屈を持て余し、私は手に持っている在留カードを見るともなしに眺めた。在留カードの氏名欄の「柳　凝月」には振り仮名が記載されておらず、代わりに漢字の下にローマ字で「LIOU NING YUE」と併記されている。中国式の漢語拼音《ハンユーピンイン》で書けば「LIU NING YUE」のはずが、「LIU」ではなく、パスポートの表記に従って台湾式の古い國音第二式拼音《グォーインディーアーシーピンイン》の「LIOU」となっている。パスポートを取る時は、世界で広く使われている漢語拼音にしようとも思ったが、姓の綴《つづ》りが親と違うと不都合もあると聞いたので、父の表記に従った。漢語拼音にすればよかったのにと今は思う。

そう言えば、玉麗吐孜の在留カードのローマ字表記はどうなっているのだろう、と私は思った。漢語読みの漢語拼音で「YULITUZI」なのか、それともウイグル語のローマ字転写で「YULTUZ」なのか。玉麗吐孜にとって、より自分の名前に思えるのはどちらだろうか。

初めて玉麗吐孜と二人きりで出かけた時のことを思い出す。新学期に入って間もない、水曜の午後。「総合日本語2」が終わり、教室を出たところで玉麗吐孜に声をかけられた。彼女は日本語の教科書を持っていて、質問したいことがあるという。「た形」の活用、「〜ように」と「〜ために」の違い、「見える」と「見られる」の使い分けなど、幾つか質問に答えたが、彼女は質問し続けた。本当に質問があるというより、無理やり質問を捻《ひね》り出そうとしているように見えて、その様子はどことなくこそばゆかった。私が笑いながら、

「よかったら一緒にご飯食べに行かない？」

と誘うと、彼女の目には明かりが灯《とも》ったように見えた。

彼女は池袋駅北口にある中華ハラール料理の店に連れていってくれた。彼女の

行きつけの店で、ここでなら何でも安心して食べられるとのことだった。ハラール料理店以外の店だと、何を食べても常にはらはらせずにはいられないという。宗教によって生き方から食べ物まで制限される、それは私にはよく分からない感覚だった。

私が新疆についてほとんど知識を持っていないように、彼女も台湾や日本について詳しくは知らなかった。レストランで、私たちはお互いのことについて語り合った。彼女が話す新疆の風俗に私は熱心に耳を傾け、私が口にした日本での経歴に彼女も聞き入ってくれた。多くの台湾人が中国人と一緒くたにされるのを嫌がるように、新疆人もまた新疆人として認識されたい人が多い、ということは初めて知ったし、「玉麗吐孜《ユーリートゥーズー》」の意味もその時に知った。彼女の名前は、本当は漢語読みの「玉麗吐孜」でも、片仮名で転写した「ユルトゥズ」でもなく、私には真似《まね》できないもっと奇妙な響きだった。舌を巻いているような、歯茎に掠《かす》めるように当ててまたすぐに奥へ引っ込めるような響き。玉麗吐孜が彼女の名前をウイグル文字で書いてみせてくれた。くにょくにょした曲線と点は、私には道教のお札の呪文にしか見えないが、それがきちんと音を表し、意味を成しているのが不思議だった。それ以来、少なくとも玉麗吐孜の前では、私は自分が喋る言葉を

「中文《ジョンウェン》」や「中国語《ちゅうごくご》」ではなく「漢語《ハンユー》」と言うようにしている。自分の言葉は中国を代表できないと知ったからだ。

　六時近くになって順番がやっと回ってきた。「教授」の在留期間更新の書類を渡すと、事務員は鉛筆で記入項目に一つ一つチェックを入れていく。職歴欄の「日本語教師」を見た時に一瞬だけ不審がるような表情が表れたのを、私は見逃さなかった。

☆

「入試情報《ルーシーじょうほう》」にカーソルを合わせると、「大学院入試《だいがくいんルーシー》」のリンクが出てきた。「入試」は「入学考试《ルーシュエカウシー》」の意味だと推測でき、「大学院」という単語は授業で習った。リンクをクリックすると、大学院の概要《ガイヤウ》のページに飛んだ。仮名と漢字が入り交じった長文を読み飛ばして下までスクロールすると、「修士課程《ショーシーカーチエン》外国人《がいこくじん》留学生《りゅうがくせい》」のリンクが目に入った。クリックするとまた別のページに飛び、ざっと目を通したがやはり英語の説明はなかった。目当ての理学研究科《リーシュエイエンジョーカー》の化学専《かがくせん》攻《こう》の募集人数《ムージーレンシュー》は若干名《ルオーガンミン》で、入学検定料《にゅうがくジエンディンりょう》は二万円とある。下に行くと募集要《ムージーヤウ》項《シャン》のリンクが見つかり、クリックするとPDFが開いた。

五十五ページもあるPDFも、やはり日本語だった。「出願」の意味はなんとなく分かるから、出願《チューユエン》資格《しかく》のページに飛んで読み始める。「本学の《ベンシュエの》授業は《じゅぎょうわ》、ほとんど日本語で行われる《ほとんどにほんごでいわれる》」……いわれる？　受け身の活用形に見えるけど、「行きます」の受身形は「行かれる」のはずだが、まだ習っていない活用かな？　「ので《ので》、授業を受けるの《じゅぎょうウォショーけるの》」……「にさし《にさし》」？　「つかえない《つかえない》」？　これは「使いますの」の可能形「使えない《つかえない》」だろうけど、何故漢字で書かないのだろうか。「程度の日本語能力を有する者《チェンドゥーのにほんごネンリーウォヨーするジャー》」。結局何が言いたいのだろう？　日本語以外の言語は使えないから、日本語能力がある人しか試験を受けることができない、という意味だろうか。

長い間集中して読解に励んだら、頭がずきずき痛くなってきた。溜息を吐いて、椅子の背もたれに倒れ込む。無理だ、こんなのを読み解くのは。たとえ柳先生に翻訳してもらったところで、試験に合格できるはずがない。「第二次選考《だいにツーシュアンカウ》」のところに「面接《ミエンジエー》」とある。面に接する、ということはつまり面试《ミエンシー》もあるだろうな。やはり英語で試験を受けられるところに絞った方が良いのだろうか。

英語で試験を受けられる大学院なら、もう三つの応募先を決めていて、出願書類も出した。検定料は合わせて七十時間分のバイト代相当だった。でも一番行きたいT大学は、日本語でしか受験できない。

天井を見つめながら五分間ぼうっとして、再度取りかかろうとした時、玄関のドアが開く音がした。李倩が帰ってきたのだ。そう悟ると、身体中の神経が逆立ったのを感じた。何故こんなに緊張しなければならないのか、自分でもよく分からない。レジ袋の音と共に、すとんと何かをダイニングキッチンの食卓に置く音がした。人の話す声がしないから、一人で帰ってきたのだろう。男を連れてきていないことに少し安堵《あんど》した。木の椅子の脚がフローリングの床に擦《こす》れる音の後、またすとんと椅子に座る音がした。椅子の脚が少し軋《きし》み、レジ袋のガサガサ音が暫く続いた後、親子丼の香りがキッチンから漂ってきた。時計に目を遣ると、短針は既に1を過ぎていた。真夜中の夜食だろうか。

部屋を出ると、思った通り李倩が一人で食卓に向かって、コンビニで買った親子丼をスプーンで掬っては口に運んでいた。

「嗨《ハイ》。」私は挨拶しながら、彼女の向かいに座った。

「嗨《ハイ》。」李倩は視線さえ上げようとせず、俯《うつむ》いたまま挨拶を返した。

「今天真晩。(今日は遅いね)」と私は言った。「你爱吃亲子丼跟我说不就完了，我在便利店打工，有免钱的拿。（親子丼が好きだったら言ってくれればいいのに、コンビニでバイトしてるから無料でもらえるんだ）」

「去了晏岳那儿，搭终电回来的。（晏岳《イエンユエー》のところに行ったの。終電で帰ってきた）」と李倩が言った。張晏岳《ジャンイエンユエー》は彼女の今の恋人で、私たちが別れた理由を作った男だ。バイト先の中華レストランで知り合った張晏岳は李倩より三歳上で、彼女に一目《ひとめ》惚《ぼ》れしたらしく、しつこくアタックを仕掛けたという。

　何を言えばいいか分からず、私は暫く黙り込んだ。李倩が親子丼を食べる時の空気を啜るような音がしつこく私の鼓膜を撫で回し、耳鳴りが起きそうだった。

　やがて彼女は完食し、弁当殻をレジ袋に詰めるやいなや、立ち上がろうとした。

「彼をここに連れてくるのは、もうやめにしてくれないかな？」と、私は思い切って言った。彼女は立ちかけの体勢のまま、視線を私に向けた。彼女が真正面から私の目を見つめるのはいつぶりだろうか。

「なんで？」と彼女は訊いた。

「家に男がいると、どうもそわそわするんだ。居ても立っても居られない」と私は言った。

　彼女は何も言わず、湖の水面から底まで見透かそうとするかのような目付きで、静かに私を見つめていた。

「それに……」

二人の間に重い静寂が、耳が痛くなるような静寂が流れた。開けっ放しの窓から、恐らくすごく遠いところから、酔っ払いの騒ぎ声と、ガラス瓶が砕ける音が風に乗って微かに聞こえてきた。自分の動悸《どうき》が激しくなるのを感じながら、私は次の言葉を探した。

「辛いんだ」と私は言った。

「あなたも、新しい恋人ができたんでしょ？　ここに連れてきてもいいのよ、別に」と李倩がしれっとした顔で言った。そして弁当殻が入ったレジ袋をゴミ箱に捨て、部屋へ戻ろうとした。

「一つだけ教えて」

私が言うと、彼女は立ち止まった。「私と付き合うのが、そんなに辛かったの？」

またしても沈黙が立ちはだかった。どんな強い風でも吹き払えそうにないような濃密な沈黙だった。

「対不起。（ごめんね）」

彼女は私に背を向けたまま言った。「我那时只是太寂寞了。我应该是喜欢男生的才对。（あの時は、ただ寂しかっただけなの。私が好きなのは男のはずだから）」

振り返ろうともせず、彼女は部屋に戻り、後ろ手にドアを閉めた。

「欸《なあ》，バショウ是什麼意思《ってどういう意味》？」

「芭蕉《バージャウだよ》。」

「芭蕉《バージャウ》？香蕉嗎《バナナってこと》？」

「不是《ちげえって》，松尾芭蕉是个人名《ソンウェーバージャウって人の名前なんだ》，以前的诗人《昔の詩人だよ》。」

春学期最後の授業。期末テストを返却し、間違いが多かった問題を一通り解説した後、まだ時間がだいぶ余っていた。空はとても気持ち良く晴れているので、ふと散歩したい気持ちになった。最後の授業だから、遠足に行きませんか？　そう生徒たちに提案したら、満場一致で賛成してくれた。

遠足と言っても、事前に計画していたわけではないので遠くへは行けず、大学周辺を回るだけに留《とど》めた。W大学は歴史が長く、教育的意義のあるスポットは周辺に幾つもあった。私は生徒たちを率いて神田川を渡り、長い階《きざはし》を登って芭蕉《ばしょう》庵《あん》で少し休憩することにした。そのあと引き返して、水稲荷《みずいなり》神社へ向かうつもりだった。急なイベントに生徒たちも気持ちが昂っているようで、それぞれの母語ではしゃぎながら歩を進めた。私は漢語しか分からないから、台湾出身の楊《よう》さんと南京出身の趙さんの対話が際立って聞こえた。

「日本語では松尾芭蕉《まつおばしょう》と言います。俳句で有名な人で、ここに三年間住みました」

二人の傍《そば》に寄って、日本語で説明を加えた。一応授業なので、漢語が分かる生徒に対しても日本語で喋るようにしている。

「古池や蛙《かえる》飛び込む水の音」

と趙さんは得意げに日本語で諳《そら》んじた。感心したのと同時に、惜しい、とも思った。

「すごいですね。でも、蛙《かえる》、ではなく、蛙《かわず》、と読みます。昔の読み方です」

私の説明を聞き入れたかどうか、趙さんはまた漢語に切り替えて自説を述べ始めた。

「可是松尾芭蕉有些文章根本抄袭中国《でも松尾芭蕉は一部の文章で中国のものを真似しているんだよね》。日月是百代过客什么的《月日は百代の過客だとか》，李白早就写过《李白はとっくに書いて》了《たよ》。」

私は微笑みながら頷き、彼の博学に賞賛の意を示した。「真似というより、中国人でも、日本人でも、感じ方は似ているってことじゃないかな？」

そろそろ神社へ向かおうと思い、私は生徒を呼び集め、先程登ってきた階段を下りていく。南を向くと陽射しが一段と強く感じられ、微かな目眩《めまい》がしたので、右手を額に当てて日陰を作った。神田川の桜並木はこの季節には緑一色に染まり、木漏れ日がアスファルトの地面に揺らめき、太陽が川の水面に映り輝いていた。

私は川を指差して、「かんだがわ」と発音して生徒に聞かせた。ついでに「かみ・た・かわ」が「かんだがわ」になる過程で生じた音便や連濁の現象について説明した。私の説明を聞いているのかいないのか、生徒たちはただ談笑していて、その笑い声は風鈴の音のように澄み、光の中で軽やかに弾んでいた。

ふと『論語』のある話を思い出した。孔子が自分の教え子たちにそれぞれの志を言わせた。ある人は大国の戦争に巻き込まれた小国を強くし、その国民に礼儀を教えたいと言い、ある人は臣下となって国家の祭祀《さいし》や外交に携わりたいと言った。曾皙《そうせき》の番になると彼は、春の終わり頃に数人の友人や少年と一緒に出かけ、川で水浴びをし、高台で風に涼んだ後、歌を歌いながらゆっくり家へ帰るということをしたい、と言った。すると孔子は溜息を吐きながら「わしは曾晳と同意見だ」と言った。万世の師と呼ばれる孔子の人間らしさがよく表れた一節だった。そんな孔子も憧れていた理想が、正《まさ》しく今この瞬間私の見ている光景ではないだろうか。

しかし私は昔、団体旅行が嫌いだったし、修学旅行はもっと嫌いだった。中学の時、修学旅行は行くのをやめようと思ったが、両親には行けと言われた。それは「楽しんでこい」というより、「みんな参加するんだからお前も参加しないわけにはいかないだろう」、という意味合いが強かった。修学旅行の当日、観光バスに乗る時は辛かった。先に乗ってしまえば、自分の隣の席に誰も来ずにずっと空いたままになるのが恥ずかしいし、かといって自分から誰かの隣の席に座る勇気も持てなかった。上位の成績を維持するために勉強ばかりしていた私には友達と言える人がいなかった。いっそ全員の席を籤引《くじび》きででもいいから予め決めておけばいいのにと担任の先生を恨んだりもした。結局体調不良を装ってトイレに引き籠もり、全員バスに乗り込んだ後で乗ることにした。一つしか空いていない誰かの隣の席に、私が選んだんじゃないよ、ここしか空いてないんだから仕方ないんだ、という表情を作りながら腰を下ろした。あの時隣に座っていたのが誰なのかはもとより、男子なのか女子なのかすら、数日後にはもう思い出せなくなっていた。

実沢のお蔭で大学院の卒業旅行はそれなりに楽しめた。うちの大学院は学部から直で入った学生だけでなく、十年、二十年と日本語教師として働いた後に学び直したいと思って入学した人も沢山いるので、修学旅行や卒業旅行といった伝統がなかった。それもそのはず、二十歳も離れた人と一緒に卒業旅行をするなんて、普通は乗り気になれないはずだ。しかし実沢は、せっかく同期として、文献講読や論文執筆で一緒に苦しんできたんだから、修了前の思い出作りに卒業旅行はあってもいいんじゃない、と言って企画し始めた。伊東に夜桜を見に行くという一泊二日のコースだったが、三十人の同期のうちなんと二十人が乗ってくれた。

「志桜里ちゃん、ほんと人望厚いね」

夜桜を堪能《たんのう》した後、美肌効果があるという温泉宿の露天風呂に浸《つ》かりながら、私は感嘆混じりに実沢に言った。

「月《げつ》ちゃんほど研究に向いていないから、こんなことしかできないもん」

実沢は笑って言った。月の光に照らされた彼女の横顔は、私なんかよりよっぽど月のように見えた。柔らかい光を静かに放つ、銀色の満月。彼女の身体は痩せ細っていて、鎖骨がくっきり浮かび上がっていた。その下にある小ぶりで白皙《はくせき》の胸の膨らみは、湯気に覆われて朦朧として見えた。手を伸ばせば簡単に触れられる三十センチ先、だけど決して越えられない宇宙よりも広い空間がそこに横たわっていた。彼女の素肌に見蕩《みと》れていながら、私は泣きたい気持ちになった。

　中国での留学経験があり、漢語も使いこなしている実沢が中国ではなく台湾へ行くことにしたのは、私と出会ったかららしい。私と出会ったのがきっかけで、台湾に興味を持つようになったと実沢は言った。それなら台湾なんかに行かないで、私と一緒に日本にいてほしい、なんて言葉は勿論言えるはずがなかった。

　そんな実沢の喜帖《シーティエ》(7)が先週家に届いた。真っ赤な封筒に金の箔押《はくお》しの「囍」の字が眩《まぶ》しくギラついていて、封筒を開けて中身を取り出すとやはり金の箔押しで、実沢の名前と知らない男の名前が並んでいた。見慣れていた「実沢志桜里」が「實澤志櫻里《シーザージーインリー》」になっていた。男の名前は三文字で、長さが違う二つの名前がどうしても不釣り合いに見えた。

---

(7) 結婚披露宴の招待状。

「先生、ここの神は誰ですか？」

生徒に訊かれてハッとした。もう水稲荷神社に着いたのだ。

「そうですね」

W大学で四年間も日本語を教えているから、そういった地域に関する知識も既に頭に入っている。「ここには神様が三人います。生活を守る神様と、旅行の安全を守る神様、そして」ここで少し勿体ぶって、「恋愛を守る神様です」

本当は夫婦和合の神だが、狙い通り、「恋愛」と聞いて、国籍に関係なく生徒たちはみな顔がパッと明るくなり、よしいっぱい拝んでやろうと意気込む表情になった。なんて効果覿面《てきめん》な共通語だろう。さりげなく玉麗吐孜に視線を向けると、彼女もやはり少しにやついていた。それを見て、あんたは一神教じゃなかったのか、と心の中でツッコミを入れながら微笑ましい気持ちになった。

☆

「ゆるちゃんはさあ、日本って狭いと思わない？」

右手でボールを持ち上げ、片目を瞑《つぶ》って狙いを定め、絵美は四歩助走して勢いよくボールを投げ出した。ポニーテールが軽やかに宙を舞い、額についていた汗は振り落とされた。助走も投げ出す瞬間の体勢も完璧に格好良かったが、そのガターもまた非の打ち所のない完璧なものだった。

「え？」

急に質問を投げかけられ、私は一瞬反応に窮した。しかも、ゆるちゃんって。

大学が夏休みに入るとキャンパスもめっきり人が減り、構内のコンビニもそれに合わせて営業時間を午後五時までと短縮した。いつも通り店を閉めた後、絵美から突然、「まだ明るいし、どっか一緒に行かない？」と誘われたのだ。

絵美から誘われるのは初めてだった。彼女とは決して仲が悪いわけではなく、バイト仲間の中では寧《むし》ろ仲が良い方だった。バイトを始めたばかりの時も親切に仕事を教えてくれたし、一緒に事務所で賄いを食べている時も、彼女はよく話しかけてくれた。店に電話がかかってきて日本語が聞き取れず対応に困っている時も、すぐ助け舟を出してくれたし、急用ができてシフトを変えたい時も快く代わってくれた。しかしなんとなく、彼女との間に境界線みたいなものを感じた。その境界線から彼女が一歩二歩踏み出し、私に親しくしてくれることはあっても、境界線の向こう側に私が立ち入ることを彼女は望んでいないように思われた。安易に足を踏み入れようものなら、すぐ突き放されるような気さえした。人は遠い距離をもどかしく思いがちだが、世の中には近過ぎると壊れるものもあるということを、私は経験を通して知っている。絵美とはバイト仲間の関係がちょうどいいし、親しくしてもらえるのも、職場にいる時だけだと思っていた。

だからこのプライベートの誘いには少し驚いた。思えば私は彼女のプライベートなことをほとんど知らない。どこに住み、どんな食べ物を好み、どんな音楽を聴き、テレビはどんな番組を観るのか。どんな家に育ち、どんなスポーツをやり、将来の夢は何なのか。どんな人が好きで、付き合っている人はいるのかどうか。私は何一つ知らない。彼女も恐らく私のことをよく知らないと思う。今の私の日本語力では、自分自身のことの十分の一すら説明できていない気がする。

特に予定はないので、その誘いに応じた。ボウリング場に行こうと提案したのは絵美の方だった。ボウリングはウルムチにいた時に何回かやったことがあるが、訊けば彼女は初めてだった。ボールの投げ方の手本を何回か見せると上手になったが、方向のコントロールはまだできていないのでガターを連発した。それでも絵美は少しも落ち込む表情を見せなかった。ごくたまに五本以上倒すと大喜びして歓声を上げたり飛び跳ねたり、私の腕を摑んで「見て見て」と言いながら揺さぶったりと、仕事の時では考えられないほどのはしゃぎぶりだった。普段はよく仕事ができて、色々助けてくれていたせいで忘れかけていたが、そんな絵美を見ると、彼女がまだ二十歳の女の子であることを久しぶりに思い出した。

「だって、中国って広いんでしょ?」

絵美はハンカチで汗を拭きながら言った。薄いピンク色のハンカチだった。ペットボトルのミネラルウォーターをラッパ飲みしてから、倒れ込むように休憩用の椅子に座り込んだ。そんな豪快とすら言える仕草も初めて見た。

「はい、広いです」と私は答えた。広いのは事実だ。

「ウィキペディアでシラベタけど、日本の二十五倍もあるって」

「シラベタ」の意味は分からないが、「日本の二十五倍」は聞き取れたので、中国の面積の話をしていると分かって、取り敢《あ》えず頷いた。

「電車に乗ればそんな広いダイチのどこにでも行けるモンネ。ほんとにアコガレル」

実際には電車で行けないところも沢山あるし、切符を買う時に実名登録が必要だし、距離が遠ければ電車よりも飛行機の方が現実的だ。そんなことを限られた語彙で辛うじて伝えた。

「でもヤッパウラヤマシイ。私、飛行機に乗ったことないモン」と絵美は言った。「飛行機が好きですか？」と私は訊いた。「飛行機に乗ったことない」しか聞き取れなかった。

「好きよ。ほら」

彼女はスマートフォンを取り出して、何かのアプリを起動した。小さな黄色の飛行機が画面上で飛び回っているかと思えば、よく見たらそれは関東地方の地図で、地図の上には水色の点が明滅していて、私たちの位置を示している。どうやら今飛んでいる飛行機の位置情報を示すアプリらしい。

「今このシュンカンもこんなに沢山の飛行機が、私たちの頭の上で飛んでるの。すごくない？」

それはすごいことなのだろうか？　私にはよく分からない。子供の頃は飛行機に憧れていた時もあったかもしれないが、いつからかそんな気持ちも消え失《う》せた。飛行機があればどこにでも飛んでいけるわけではない、誰かの命令一つで飛行機なんかすぐ乗れなくなる、そう悟ってからだったのかもしれない。勿論それも絵美には説明できない。

絵美は本当に飛行機が好きみたいだった。ボウリング場を出たあと一緒にお台場へ行ったが、道中、空を横切る飛行機を見かける度に私の腕を摑んで「見て見て」とはしゃいだ。ハキハキと喋り、テキパキと仕事を熟す普段の絵美も素敵だが、目の前にいる子供っぽい絵美もまた可愛《かわい》らしく思えた。

私たちはイタリアンレストランの窓際の席に向かい合って座った。それなりに高級な店のようで、夜景が綺麗で、ベジタリアン向けのメニューもあるといって、絵美が薦めた場所だった。周囲をぐるりと見回しても学生っぽい客はほとんど見当たらず、スーツを着込んだビジネスマンや、年を取った夫婦が多かった。絵美は相変わらず早口で喋り、私は静かに聞いて、たまに頷いたり、相槌《あいづち》を打ったり、短い返事をしたりした。

確かに夜景は綺麗だった。すっかり暗くなった夜空を背景に、レインボーブリッジはダイヤモンドの象嵌《ぞうがん》を施したように光の帯となって煌《きら》めき、その後ろで朱色に染まる東京タワーもまた遠くから競い合うように光を放っていた。橋の上を多くの光がやってきてはまた流れ去り、色とりどりの光が夜の海に映って水面に揺れていた。人間が作り出した、地上を埋め尽くす光の海。実家のある小さな村とは違い、東京ではそんな光の海は星の群れすら打ち負かしている。夜空を見上げても星一つ見えず、雲から透けた月だけが朧《おぼろ》げに見えていただけだった。

——愿我如星君如月，夜夜流光相皎洁。ふとそんな宋詞の一節が思い浮かんだ。かつて親しんでいた、男の声音と共に。

高校時代に一時期付き合っていた、漢族の男の声音だった。願わくは、俺は星で君は月、毎夜毎夜互いを照らさんことを。彼は初めて付き合った恋人だった。私たちは栄えた都心を離れ、砂漠地帯に入って落日を眺めた。見渡す限り黄土色の細かい砂の平原がどこまでも広がり、その果てに日輪は半分沈み、残りの半分は半円の日暈《ひがさ》を纏いながら眩しい光を放ち、地平線の周りを赤く染め上げていた。夕陽から離れるほど空の色は暖色から寒色へと移り変わり、中天を見上げるともう薄闇になっていた。振り返ると、二人の影は身長の三、四倍くらい伸ばされていた。太陽が完全に沈んでも空はすぐに暗くはならず、彼は持ってきた薪《まき》を積み重ね、火を熾《おこ》した。空が暗くなると私たちは焚《た》き火《び》を囲んで座り、歌を歌い、詩を詠み合い、雑談に耽《ふけ》った。砂漠の中で焚き火が唯一の光源で、少し火を離れると自分の五本指すら見えないくらい濃厚な闇に包まれる。砂原に横たわると、都会では見えない煌めく星空が眼前に広がっていた。暫くすると月も東の地平線から顔を出してきて、光害のない環境では月までもが火球に見えた。

ウルムチの高校で知り合った彼は漢族ではあるが、ウイグル人の私にもとても優しく接してくれた。高校三年生に上がる夏休みに漢族に対する抗議デモが起こり、その時彼はウイグル人側に立ってくれて一緒に人民广场《レンミングァンチャン》に座り込みをしてくれたし、デモが過激化してウイグル族と漢族の乱闘に発展してからも私を守るために必死だった。私より頭一つ分背の高い彼は私を狭い路地裏に引き摺り込んで、大きな掌《てのひら》で私の口を塞ぎ、鉄の棒を持っていた漢族の追っ手たちをやり過ごした。彼の腕に包まれているととても安心できた。まるでそこが世界で一番傷付かなくて済む場所かのように。七五事件と呼ばれたあの騒乱では沢山の人が殺されたり捕まったりしたし、クラスメイトも何人かが怪我《けが》をしたが、私が無傷だったのは彼のお蔭だった。

君が好きだ、衛星のようにずっと君を巡っていたい。砂漠の中で彼は私の耳元で囁いた。私は黙ったまま目を閉じて、夜空を思い浮かべることにした。周りはとても静かで、彼の鼻息と微風、そして焚き火の燃える音だけが耳を優しく撫でていた。

しかし彼の唇が重なってきた瞬間、激しい身震いが何の予兆もなく私に襲いかかった。得体の知れない寒気が夜の砂漠ではなく、私自身の身体の奥底から湧き上がった。私はそっと自分の唇を横にずらして彼のを避けた。目を開けると彼は少し驚いたような顔で私を見つめていた。どうしたの？　と彼は優しく訊いた。ごめん、今は、と私は口籠もる。星の光が降り注ぐ夜に、私は何かを悟った。そしてそれは恐らく「今」だけの話ではないということも、薄々ながら勘付いていた。大丈夫だよ、ごめんね、勝手に、と彼は相変わらず優しい声で私に謝った。違う、謝らないで、と私は心の中で叫んだ。

　それから私は彼を避けるようになった。どんな顔で彼と向き合えばいいか分からないし、彼を見かける度に自分が気付いてしまったおぞましい事実を思い出し、それもまた怖かった。イスラム法《シャリーア》に悖《もと》り、イスラム教徒《ムスルマン》としてあるまじきあり方だった。私の変化に彼はさっぱり訳の分からない様子で、男友達に「女の子ってよく分からないな」と爽やかに笑いながら愚痴を零していたらしい。私と彼は二度と言葉を交わさないまま、それぞれ高校を卒業した。卒業した後も私はウルムチに残り新疆大学に進学したが、彼は北京だか上海だか、とにかく東の方の都市に家族と一緒に引っ越した。

　彼は二つ間違っていた。一つ、ウイグル語ができない彼には、私の名前の意味が分かるはずもない。私は月などではなく、ただちっぽけな星に過ぎなかった。もう一つ、たとえ私が月だったとしても、月自身が既に誰かの衛星でしかないのだから、その衛星なんてありやしないのだ。

会計は思ったより高かったが、満足そうに満面の笑みを浮かべる絵美を見ていると、たまにはいいか、という気持ちになった。レストランを出た時にはもう十時を過ぎていた。駅へ向かう途中、疲れが溜まったのか、ついさっきまで早口で滔々《とうとう》と喋っていた絵美は急に静かになり、ただ俯き加減にとぼとぼ歩くだけだった。電車に乗り込んだ後もぼうっとして黙り込んだままで、何を考えているか全く読めなかった。脈絡のない沈黙に少し居心地の悪さを覚え、何とか話題を探してみたが、私の語彙力ではたいして面白い話題を提供できるはずもなく、会話はいつも二言三言で途切れてしまった。

やがてある駅で電車が止まると、絵美は、

「じゃ、私はここで乗り換えね。今日はありがとう」

と言って席を立った。私は手を振ったが、彼女はそのまま振り返らず電車を降りていった。その時の彼女の背中が何故かいつもより小さく感じられ、思わず目を凝《こら》した。しかし彼女の姿は瞬く間に改札へ向かう人波に遮られ、見えなくなった。

着信音に気付いて目が覚めた時、音は既に途絶えていた。

ベッドの横に置いたスマートフォンを掴んで寝ぼけ眼で覗き込むと、まだ朝九時だった。つまり台湾はまだ八時だ。溜息を吐いて折り返す。トゥルルルと着信音が一頻り鳴った後、喂《もしもし》？　と父のしわがれた低い声が聞こえてきた。

「国際電話は高いから、そろそろスマートフォンの使い方を覚えてって言ったじゃない？」

私が言うと、父はやや決まり悪そうな声で言った。

「そんな新しい代物、俺には使えん」

父の声を耳にするのはいつぶりか考えてみた。一年か、もう少し長いか。今聞こえている声を記憶の中の父の声と比較しようとしたが、何も思い出せない。子供の時は毎日聞いていたはずなのに、不思議だ。

東京へ旅行に行く目処《めど》が立ったんで、空港に迎えにきてもらえんかね。観光の案内も頼むよ。手帳を開いて言われた日付をチェックすると、ちょうど日本語教育学会の日と被《かぶ》っていた。

「その日は学会発表があるから空港には行けないと思う。飛行機のチケットまだ買ってないなら一日ずらしたら？」

私が言うと、父の声音は明らかに不快感を帯びたものになった。

「チケットはもう買ったんだ。何年も会ってない娘に会うためにわざわざ東京まで行くんだぞ、学会発表とやらは家族より大事か？」

心の中で溜息を吐いた。父の不機嫌な表情が鮮明に浮かび上がる。私が言う通りにしないと決まって、彼は上歯で下唇をきつく噛み締め、眉間に深い皺を作り、睨み付けるような目付きで私を見つめた。五年前の私だったら、すぐ針のような鋭い言葉で返しただろう。そして針鼠同士の戦《いくさ》のように、互いが傷だらけになるまでぶつかり合っただろう。

「大事な学会だから、欠席するわけにはいかないの」

身体の奥から湧き上がる無数のきつい言葉を飲み込み、私は冷静に説得を試みた。「空港からホテルまでの行き方を調べて送るね。日本は駅の標識が分かりやすいし、電車も大抵時間通りに来るから、気を付ければ迷ったりしないと思う」

「迷うとかそういう問題じゃない。お前が家族を大事にしていないってことを問題にしてんだ」

「だったらどうする？　また私を殴るの？」

言葉が口を衝《つ》いて出た。少しばかり後悔したが、訂正や撤回はしなかった。両親は昔から、私を従わせるために色々な手段を使ってきた。子供の時は体罰だった。それが通用しなくなった高校以降は金銭、つまり仕送りの額を減らすことで私を縛り付けた。そして若干苦しいながらも経済的に独立した今、彼らは家族の愛情というものに訴えるしかなくなった。家族を大事にしていないという罪を着せることで罪悪感を覚えさせ、支配を達成しようとするようになった。

父は暫く何も言わなかった。二千キロの海を越えて電話は虚《むな》しく無音を運んでいた。

やがて父は溜息を吐いた。長く、弱々しい溜息だった。その溜息を聞いて、私は父の老いを実感した。今年で幾つになるんだろう？　両親の誕生日は覚えているが、年齢を気にしたことはこれまで一度もなかった。幼い頃の私から見た、力強く、背が高く、自分ではとても逆らえそうにない大人、そんな両親に対する印象はいつまでも私の中で生き続けていた。

「じゃ、そういうことだ。路線調べるの頼むぞ」

電話を切って暫くぼうっとしていると、電話にまつわる一つの記憶が脳裏に浮かんだ。真冬の夜の電話ボックス。その中に立っていると透明なガラス越しに、街を走る車のヘッドライトが流れていくのが見えた。街路樹は月の光を遮って朧げな影を落とし、その影の中で私は硬貨を一つまた一つ、冷たく無機的に光る金属製の箱の、横長に細く空いている投入口に入れていった。

実家を離れ、初めて都会で一人暮らしをした高校時代。恋人と呼べる相手が初めてできたのもその時だった。部活で知り合った同学年の女の子で、学校が違うから頻繁には会えなかった。それはスマートフォンがなかった時代で、無料通話アプリというものも存在しなかった。携帯は持っていたが、携帯でかけると発信先の電話番号と通信時間を記載した明細書が請求書と共に両親のところに毎月届くようになっていた。長電話をすると二人の関係が両親にばれかねないし、通信料が高過ぎると叱られるから、積もる話は公衆電話で伝えるしかなかった。仕送りから電話代を捻出するために、一日三食の食費を百元（約三百八十円）以内に抑えるようにしていた。吐く息が白くなる冬の夜でも、一人暮らしの部屋から歩いて十分のところにある電話ボックスまで行き、その中で立ちっぱなしで話した。彼女と話をしていると時間の流れが加速するようで、気付くと二、三時間が過ぎてしまっていることもしばしばだった。その間に足の痛みや痺《しび》れを感じたことがなかったことを、今となっては不思議に思う。十数年前のことは今にしてみればもう遠い昔の話だ。大人になって経済的に独立し、昔にはなかった自由をやっと手に入れたけれど、あんなことをする元気はすっかりなくなっていた。結局その恋人とは違う大学に入り、それぞれ目まぐるしく広がる新天地に没頭し、数か月も経たないうちに自然消滅してしまった。

追憶に浸っているとまた眠気が襲ってきたので、ベッドに戻って二度寝することにした。昨夜も翻訳の仕事や学会発表用のパワーポイント作りのために徹夜したのだ。

しかし暫く目を閉じていてもなかなか寝付くことができなかった。眠気は確実にあるというのに、何故だろう。再び目を開けた時、夏の木漏れ日がカーテンから透けて室内に降り注ぎ、私の目を照らしていることに気付いた。風が吹くと樹《き》が戦《そよ》いで、それにつれて光も私の瞼《まぶた》の上でひらひらと揺れて眠りの邪魔をしていたのだ。一度揺れ動く光に気付くとそれが気になってならない。何度寝返りを打っても寝付くどころか、眠気がどんどん消えていったので、仕方なく起きることにした。

☆

塔を登る夢を見た。

階段はなく、ただ緩やかな坂道が螺旋《らせん》状に上へ上へと続くような高い塔。床は赤煉瓦《あかれんが》でできているのに、壁は白い大理石。塔には窓がなく、電気も点いていないけれど、周りはよく見えていた。それでこれは夢の中だと気が付いた。

夢だと気付いていても私は上へ登ろうとした。塔の天辺《てっぺん》には何か素晴らしいご褒美が待っている、天辺に登り詰めさえすればそれが手に入る。そんな想念を抱きながら私は上へ上へと登った。しかしいくら登っても、目の前の景色は変わらない。赤煉瓦の坂道は緩やかにどこまでも続き、大理石は冷たく光っていた。自分が本当に登っているのかすら分からなくなってしまった。ひょっとしたらただ足踏みをしているだけかもしれない。

ひんやりとした感触で目が覚めると、全身に冷や汗をかいていることに気付いた。布団も枕カバーも濡れていた。長い時間ずっと塔を登っていたような疲れと痺れがまだ微かに両足に残っているとすら感じた。目が覚めた、と意識するなりハッとして、反射的に本棚の上へ目を遣った。そこにある置時計、短針はまだ5を指している。大丈夫だった。溜息を吐いてベッドから起き上がり、机の上に視線を移す。髪の毛が手入れされていない庭の雑草のようにばらばらに乱れている私が鏡の中にいた。鏡の横に、I大学の受験票がしっかり横たわっている。氏名欄には日本の漢字で「玉麗吐孜」と、振り仮名の欄には「ユルトゥズ」と印字されている。それを確認してやっと安堵し、早朝の礼拝《バムダード》を済まして取り敢えずシャワーを浴びることにした。

家を出たのが六時半だった。まだ少し時間があるので、コンビニへ寄ることにした。W大学別科の秋学期の授業料を振り込むために。日本の授業料は高く、コンビニのバイト代だけでは到底負担できない。春までは家から送金してもらっていたが、新疆に対する中国当局の締め付けが強くなったせいでそれも途絶えており、貯金は減る一方だった。独立するために日本に来たというのに一年近く経ってもその目処が立たず、今でも将来が見えていない自分のことを考えると、両親への申し訳なさが募《つの》ると共に惨めな気持ちになった。

茨城県のI大学は学会で来たことがあるが、化学どころか理系のほとんどの科目と無縁だった私は、この数理物質科学研究科の教棟を見るのは今日が初めてだ。この漢字九文字の連なりを完璧な日本語の発音で読み上げることはできるが、そこがつまり何を研究しているところなのかは全く分からない。玉麗吐孜とは正反対だなと思うと、ふと可笑《おか》しくなった。

玉麗吐孜と一緒に試験会場に着いたのは九時半だった。試験は朝からだし、私も夏休みで授業がないから、いっそ二人で前泊すればいいのでは、と玉麗吐孜に訊いてみたが、お金を節約したいからと言って断られた。私も経済的にそんなに余裕があるわけではないので、玉麗吐孜の意思を尊重した。

にしてもやはり早起きは辛い。特に徹夜で翻訳の仕事をした後では。夏休みと春休みには授業がないが、それはつまり収入がないということでもある。この期間は普段より仕事を沢山請け負わなければ、生活が回らなくなる。

玉麗吐孜が試験会場に入って一時間経った。午前は日本語の筆記試験で、午後は専門科目の筆記試験、そして面接試験が続く。日本人の受験生であれば午前は英語の筆記試験だが、彼女は英語で受験する外国人留学生枠だから、日本語の筆記試験を受けなければならない。過去問を見たところ、日本語能力試験N2レベル相当の問題が多く、玉麗吐孜には厳しいが、この筆記試験の結果はあくまでも参考で合否を左右しないらしい。

玉麗吐孜を待っている間は教棟の前の芝生に設置されているベンチに座り、次に翻訳を手掛ける小説を読む。芝生にはまだほんの少し朝露が残っていて、陽射しを受けて七色に輝いていた。茨城の陽射しは東京より少し柔らかく感じられ、それに当たっていると段々微睡《まどろ》みたくなる。昨夜の睡眠不足も加勢して更なる眠気を催す。やがて私は抵抗するのをやめて、本を閉じて暫く居眠りすることにした。日光の中で生まれたその気持ちの良い眠りは、試験会場から出てきた玉麗吐孜が私の肩を叩いて起こしてくれるまで、長い間続いた。

☆

「ユルトゥズさん、おはようございます」

そう言いながら、絵美がレジに入ってきた。元気溌剌《はつらつ》とした高めの声、颯爽《さっそう》とした動き。コンビニの黒い制服の下には白いシャツ、首には黒地にドット模様のネクタイを締めていて、艶のある長い黒髪は一つに束ねており、動く度に軽やかに躍動する。普段と変わらない、いつも通りの絵美だ。

シフトの開始時間はちょうどピーク前だった。夏休み期間のピークは学期中とは違って変則的だ。学期中の一番のピークは昼休みの時間で、それが過ぎると客が潮のようにさっと退《ひ》いていく。夏休み期間でもピークはお昼ではあるが、その時間帯は大学内で行われる学会や研究会などの催事によって変わってくる。だからそれに応じて店員の配置を工夫しなければならない。もっともそれは店長の仕事で、私たちは店員としての務めを全うすれば充分である。

ピークと言っても、学期中の昼休みみたいに客が店内で押し合い圧《へ》し合いしながら長蛇の列を成すような光景は、夏休みにはまず見られない。短い列ができる時はあっても、店内は概《おおむ》ねゆったりとしている。だから店員が二人いれば店はちゃんと回るし、店長も安心して店を任せてくれる。

「チキン、揚げますね」

ピークが過ぎた後、私はそう言って、冷凍庫からチキンを取り出した。

「じゃ私はおでんをやるね」

絵美は明るい声で返事し、早速ボウルにお湯を入れておでんのつゆを作り始めた。いつも通りのテキパキとした動きは見ていてとても気持ち良かった。

フライヤーのボタンを押すと、揚げカゴに並べておいたチキンはゆっくりと油の中に沈み、ジュージューという音を立てて黄金色の泡を吹き始める。それを見る度に、火山の火口の中で真っ赤なマグマが煮え滾《たぎ》る情景が思い浮かぶ。子供の時は、火山の火口はそのまま地獄《ドーザフ》に通じると思っていた。絵本で見た火山の火口の絵は、母が語った地獄の風景にとても似ていた。悪いことをすると、死んだ後にムスルマンに用意されたジェヘンネムに入れられるのよ、と母は私を膝の上に抱きながら静かに囁いた。ジェヘンネムでは、お腹が空いてもとてもとても苦い木の実しか食べさせてもらえないし、喉が渇いても沸騰した臭いお湯しか飲ませてもらえない。起きている時も寝ている時もとても熱い火で焼かれて、皮膚が爛《ただ》れては元に戻って、そしてまた爛れて、それをずーっとずーっと繰り返すのよ。

午後はほとんど客がいない。たまにサークル活動で大学に来ていると思われる、ジャージやチアリーダーのユニフォームを着ているグループが入ってきて、その瞬間だけ賑《にぎ》やかになるが、すぐにまた静かになる。陽射しはガラス張りの壁越しに店内に差し込んで、床や棚やイートインスペースの机を金色に染め上げ、その影は時間が流れるとともに長く伸びていった。キャンパスもやはり閑散としていて、銀杏《いちょう》の並木は鬱蒼と茂り、風で緩やかに揺れていた。青空には白い巻雲が幾《いく》筋《すじ》か気持ち良さそうに流れていき、すぐ大学のビルに遮られて見えなくなった。

気のせいかもしれないが、絵美に避けられている気がした。彼女は棚の整理や品出しに集中しているが、その姿はどこかぎこちなく感じられた。閑散とした店内と比べ、彼女はあまりにも集中し過ぎている。まるで私の存在を無視するために、わざとやることを見つけて、努めて集中しているようにすら思われた。

私は少し不安になった。一緒に遊んだ時に、何か怒らせるようなことをしたのではないか、距離を取られるようなことを言ったのではないかと心配し始めた。しかしいくら考えても心当たりはなかった。私が何か失言をした可能性は低い。何しろほとんどの時間、私はただ絵美の話を聞いていただけだった。知らないうちに失礼な日本語を使った可能性はあるが、だとしたら自分では気付く術《すべ》がない。いっそのこと直接絵美に訊いてみようとも思ったが、どう切り出せばいいか分からなかった。

四時になると店を閉める作業に取りかかった。私はフライヤーと蒸し器を洗い、絵美はコーヒーマシンの手入れをした。私はイートインスペースの机を雑巾で拭き、絵美はレジ周りを拭いた。全ての作業は沈黙のうちに行われた。床に掃除機をかけている時、一人の客が店に入ってきた。かなり年を取った男性で、頭がほぼ禿《は》げていて、残っている僅かな髪の毛も灰色がかっている。夏なのに茶色の薄いジャケットを着ていて、下にはジーンズを穿き、両手はジーンズのポケットに突っ込んでいる。何をしている人か全く見当がつかない風貌だった。教師にも職員にも見えず、ましてや学生であるはずもない。恐らく大学とは関係のない外部の人間だろう。床掃除している私を見ると、何かもごもご呟くように言った。もごもごではあるが、私に視線を向けながら言っているので、私に話しかけているのは明白だった。しかし何を言っているかとても聞き取れない。絵美は店のゴミを出しに事務所の横のゴミ置き場に行っているので、店内にはいない。私が反応に困って立ち尽くしていると、男性客は眉間に皺を寄せながら詰め寄ってきて、私の名札をじろじろと見つめた。そしてさっきより少し大きい声で、吐き捨てるように言った。

「ンダヨコ、ハ、、、コノコゾウ、、」

全く意味が分からなかった。すみません、もう一度、そう言いかけた途端に言葉を遮られた。

「お前、日本語分からないのかよ」

男は顎をしゃくってそう言った。今回は聞き取れた。手足が冷たくなっていき、心臓が縮み上がるのを感じながら、私は努めて笑顔を作ろうとした。が、表情筋がまるで言うことを聞かなかった。

「申し訳ありません、少しだけ、分かります」

辛うじて言葉を絞り出すと、男はちぇっと舌打ちをした。

「ハナシニナラン。日本人はいないのか。日本人呼んでこい」

言葉の後半を聞き取った途端、顔が火照ったのを感じた。足も微かに震えている。男の言葉に従って、絵美を呼びに行こうかと一瞬躊躇《ちゅうちょ》したが、考え直した。絵美に頼ってばかりいては、いつまで経っても独り立ちできない。独り立ちできなければ、日本に来ても二級市民のままだ。これは私の戦いだ。言葉の。生活の。

私は頭をフル回転させ、店長やバイト仲間から習った接客用語と、授業で習った敬語の構文の記憶を呼び覚まし、この場面で使える最も丁寧な文を組み立ててみた。

「申し訳ございません、お客様はどのようなご用件がおありでしょうか？　宜《よろ》しければ、私《わたくし》がご用件をお伺いします」

これほど丁寧な敬語を自分で組み立て、実際に口にするのはほとんど初めてだと思う。自分でもよくできたと思う。「お買い物をなさるのでしたら、どうぞごゆっくりご覧くださいませ」

しかし男は少しも機嫌を直したような形跡がなく、また何かぶつぶつ言い始めた。全く聞き取れなかった。頭が空っぽになり、その場に突っ立ったまま、懸命に笑顔を絞り出そうと試みるしかなかった。

「何かゴヨウでしょうか？」

いつの間にか絵美が店内に戻ってきており、男をまっすぐ見据えながらそう言った。普段よりかなり低く、抑揚に乏しい平坦《へいたん》な声だったが、しかし一音一音がはっきりしていた。

それから絵美と男は早口で何かを話し始めた。男は激昂して何かを叫んだが、絵美はあくまで冷静な調子を保っていた。二人の会話の内容はとても聞き取れそうにないが、「気に入らない」「外国人」「ニッポン」「日本語」など断片的な簡単な言葉だけが耳に入ってきた。

突如、絵美は押し黙り、私と男の前を横切り、レジに入っていった。そしてレジの下にある防犯ブザーに指を当ててみせた。

「出ていってください」

絵美はまっすぐ男を見つめながら、ゆっくりと言った。「じゃないと通報します」

暫くの間、空気が凍りつき、重い沈黙が下りた。

男は一頻り値踏みするように、私と絵美を交互に睨みつけた。

それから何度も緩やかに、大きく首を縦に振った。よし、分かった、覚えてろ、とでも言うように。

そして踵《きびす》を返して、店を出ていった。

遠ざかるその背中を、私と絵美はじっと見つめ続けた。

男の姿が見えなくなって、やっと緊張が解けた。心臓はまだバクバク飛び跳ねている。全身から力が抜け、立っているので精一杯だった。

「ありがとう」私は絵美に言った。声が震えているのが自分でも分かっている。

「気にしないで」絵美は私に微笑みかけながら言った。とても硬く不自然な作り笑いだから、絵美もかなり緊張したのだろう。

ややあって、何かを思い出したように、絵美は私の顔を覗き込みながら、心配そうにもう一度繰り返した。

「ユルトゥズさん、ほんと、気にしないでね」

返す言葉が見つからず、私は無言で頷いた。

私たちは再び、閉店の作業に取りかかった。

……彷彿離群索居般《人目を避けるようにして》，這戶人家裡《この家で》 悄悄《ひっそりと》 住著《暮らしていた》 兩名《ふたりの》 年老《老》女性《女》。她們 幾乎《ほとんど》 沒《な》有《く》 訪客《来客》，也不和《もしていない》 鄰居往來《近所づきあい》，會來 按《押す》 她們 門鈴《呼び鈴を》 的《のは》 除了《か》 宅配業者《宅配便の業者》，便不外乎《くらいのものである》來收報費的《新聞販売店の集金人》了。自從 花匠《庭師の》 不再現身《姿が消えるのと》 之後《時期を同じくして》，收報費的《新聞集金人》也不來了《もあらわれなくなった》。她們 不《やめ》再《た》 訂 報《新聞を取るのを》，原因《た》是因為《め》 她們 不再禁得起《困難になってきた》 將舊報紙《古新聞を》 用塑膠繩《紐で》捆起《くくり》，並 在《古》回收《紙》廢紙的日子《回収日に》 搬至《まで運ぶ》 門外《玄関口》 這種活兒《ことが》。(8)

書見台のストップホルダーが緩んだせいで、ページがまた勝手に捲《めく》れた。もう三回目だ。町の文房具店で買った安物の書見台では、四六判の本なら問題はないが、文庫本は上手く挟み込めない。

論文執筆や翻訳で、パソコンに向かってキーボードばかり叩いているから、このところ肩が凝る。玉麗吐孜に頼んだら少し揉《も》み解《ほぐ》してくれるかもしれないが、彼女も今布団を外した炬燵《こたつ》の前に座り、電子辞書とノートパソコンに向かって大学院受験用の志望理由書と格闘している。できたら添削してほしいと言うので、だったら私の家で書けばと誘ったのだ。

溜息を吐いて立ち上がり、伸びをしてから本棚の前に行って、ハードカバーの小説を適当に一冊手に取った。私の動きが気になったのか、玉麗吐孜が私に視線を向けた。

「どうしたの?」彼女は訊いた。

「ううん、ちょっと疲れただけ」私は軽く首を振った。

ページを適当に開き、読むともなしに漫然とそこにある文字に目を通すと、「職場」「披露宴会場」「親指」「妙」「酔」などの漢字がすぐ仮名の海から浮かび上がってきた。漢語の文章とは違い、日本語の文章には緩急濃淡というものがあ

(8) 中山可穂氏による小説「燦雨」(『花伽藍』収録、角川文庫) の一部を、筆者が中国語に翻訳したものである。

る。文体や修辞といった難しい話ではなく、文面、字面のことである。文章を細かく読まなくても、大事な情報がほとんど漢字で書かれているから、パッと目に入りやすい。情報の密度の違いはざっと見ただけで容易に摑めて、文字通り「斜め読み」ができる。それは樹の枝葉のように、幹に近いところほど葉っぱが濃密に生えていて、梢《こずえ》に行けば行くほど疎らになっていく。光が降り注ぐと綺麗な木漏れ日ができるけれど、逆に言えば樹海のような陽射しを決して通さないほど稠《ちゅう》密《みつ》な文章を、日本語では書きにくいように思えた。

　机の前に戻って、固定しやすいように文庫本の後ろにハードカバーの本を置き、ストップホルダーを調整する。ティーバッグで淹れた紅茶を一口啜り、作業再開。小説の翻訳はビジネス書や実用書のように、ただ目に見える情報を伝達すればいいというわけではない。原文に漂う特有の性質、あるいは孤独感や疎外感を、あるいは粘性を、場合によってはそのままに、場合によっては言語の特性に合わせて作り直して、目標言語に変換しなければならない。「単語」の移植だけでなく、全体の「気」や「磁場」のようなものにも気を配りつつ、数個、場合によっては十数個の言葉の候補から適切なものを選んで配置していかなければならない。「姿が消える」は「消失」がいいのか「不見」がいいのか、少し脚色して「消失不見」や「不見蹤影」にする必要があるのか。それは見た目が酷似した二つの石のどちらが重いかを手に持って比べるような緻密な作業である。

「できた」

文庫本五ページ分を訳し終えたところで、玉麗吐孜は背負っている重荷をやっと下ろしたような、嘆き混じりの声でそう言った。私も翻訳作業をやめて、暫く上半身のストレッチをしてから、彼女の隣に腰を下ろした。カーテンの向こうからぽとぽとと小雨が木の葉を打つ音がする。オホーツク海の高気圧が強くなったから、冷たく湿った空気が関東地方に流れ込んだと今朝の天気予報が言っていた。

「添削お願いね」

玉麗吐孜は言いながら、ノートパソコンの画面を私に向けた。

「うん、任せて」

そう言って、私は画面を覗き込んだ。

　種族、文化と国界を超越でき、普遍的な人民の幸福を創造する一種の学問があるでしょうか？　私の答えは科学、これも何故私は貴大学院を志望するかの理由です。

私は中国の新疆ウイグル自治区に生まれました、ウイグル人で、中国で少数民族です。小さい時に科学に興味があった私は、大学はウルムチの新疆大学の化学系に入りました。高校の時に民族の間の不平等を痛感しましたから、化学の研究で、人類に造福しながら、人類のお互いの差別の問題を解決したいです。……

学習者の作文自体は読み慣れているし、文型も語彙も限られた初級レベルにしてはよくできた方だけれど、それでも思わず溜息を吐いた。文法的な問題はともかく、これでは何故化学の研究がしたいのか、何故この大学を志望したのかが伝わってこない。日本の大学院入試は、中国や台湾の高校や大学の統一入試とは違い、成績の良さ以上に学生と研究科の相性を重視しているし、日本語は漢語と違って、志望理由書のような実用的な文章は素直に書けばよく、文才や美辞麗句、冒頭の問いかけのようなレトリックは求められていない。これは漢語母語話者によく見られる、「倭習」ならぬ「漢習」なのだ。

そう指摘すると、玉麗吐孜はがっくりと肩を落とした。付け加えると、と私は画面上の幾つかの言葉を指差して追い打ちをかけた。漢語の言葉をそのまま使わない。全部が全部都合よく日本語にもあるとは限らないから、分からない言葉はしっかり辞書で調べること。

項垂《うなだ》れながらも、辞書を引きながら粘り強く書き直している玉麗吐孜の横顔を見ていると、心の底から熱い塊が込み上げてきた。今はまだ道半ば。主語と述語がねじれる。敬語も動詞活用も覚束《おぼつか》ない。漢字は意味が分かるから逆に読みが身につかない。それらの課題を乗り越える道を、玉麗吐孜は自分で歩まなければ意味がない。でもどんなに長い道のりだとしても、私は寄り添ってあげたいと思った。終点に近付けば、この日本で見える風景も今よりずっと近しいものになってくるはずだ。

☆

柳先生のところから家に帰ると、珍しく李倩がダイニングキッチンに座っていて、スマートフォンでドラマを観ながら夕食を食べていた。この家に入居したばかりの時に二人で一緒に百均で買ってきたプラスチックの皿にミートソースのパスタが載っていて、やはり百均で買った金属のフォークで李倩はそれを巻き上げては口へ運ぶ。ガスコンロの上にはフライパンが置いてあり、ソースの残滓《ざんし》が底に貼り付いて脂っぽく光っている。

「我回来了。自己做饭啊？真稀奇。（ただいま。自分で作ったの？　珍しいね）」

言いながら、バッグを椅子の背もたれに引っかけて李倩の向かい側の席に座った。

李倩は音量を少し下げたが、私に挨拶を返すどころか、顔を上げようとすらしなかった。私はチャットアプリを開き、久しぶりに家族のグループにメッセージを送った。最近どう？　元気？

「我要搬出去了，去晏岳那儿住。（私、引っ越すよ。晏岳のところに）」李倩はぽつりと言った。視線はスマートフォンの画面に貼り付いたままだった。

私は無言のまま暫く自分のスマートフォンを見つめた。返事はまだ来ていない。席から立ち上がり、食器棚からマグカップを一つ手に取って、蛇口を捻って水を注ぎ、それを飲んだ。蛇口を捻ると飲める水が出てくるとは、本当に日本ってすごいところだなと、そんなことを漠然と考えた。席に戻るとスマートフォンの通知音が鳴った。画面を覗き込むと、兄から返事が来ていた。たった今畑から戻ってきたところ、今年は日照時間も長く、甘い果物が穫《と》れそうだ、と。

画面を下向きにしてスマートフォンを机に置き、私は李倩に向き直った。彼女は依然としてドラマに見入っていた。

「什么时候？（いつ？）」

この日がいつか来るのは知っていた。私たちはなんとなく、どちらかが先に引っ越して出ていくのを待っていたのだ。彼女が度々張晏岳を家に連れ込んだのも、私が我慢できず出ていくのを望んでいたからだろう。私が出ていけば張晏岳は引っ越して来られる。それはよく分かるし、私だって出ていってあげたかった。しかし引っ越しにはお金がかかる。この家ほど交通の便に恵まれながら家賃が安い物件もなかなかない。

柳先生のところに住まわせてもらうことも考えたが、先生の部屋は一人暮らし用の物件なので、二人で暮らすには狭過ぎる。それに柳先生と共同生活をするイメージは、私にはどうしても浮かばない。今の距離感が一番心地よく、これ以上近くなるのを私は恐れているのかもしれない。

私が出ていかないのなら、李倩が出ていくしかない。ところが彼女が出ていくと、私は新しいルームメイトを探さなければならない。でないと家賃を全額負担せざるを得なくなる。

「下礼拜就走。（来週よ）」と李倩が言った。

「那可不行，太突然了。房租少说得付到下个月底。（そういうわけにはいかない。急過ぎる。家賃は少なくとも来月分までは払ってもらわなければ困る）」と私は言った。一週間で新しいルームメイトを見つけるのは到底無理だし、今は八月末だから、九月分の家賃を払う義理が彼女にはあると思った。

言葉を発した後、鼻の奥がじんと痛み、思わず一回息を強く吸い込んだ。どれだけ親しかった関係でも、別れた後にのしかかってくるのはやはりお金という現実的な問題だ。そのことを悟ったのが辛かった。それはつまり、私と李倩との間にはもう何も残っていないということを意味している。

李倩は口を開き、何か言いかけたが、途中でまた口を閉じて考え込んだ。その時初めて、背中にかかっていた彼女の長い髪が肩にも届かないくらいばっさり切られていることに、私は気付いた。毛先が頬骨の丸みを伝って顎のところまで伸び、そこで少しばかり上へ撥《は》ねていた。

「知道了，付就付吧。（分かったよ、払えばいいんでしょ）」

そう言って、李倩は席から立ち上がり、ソースだけが残ったプラスチックの皿をシンクに持っていき、フライパンや菜箸と一緒に洗い始めた。涙が出そうになったので、私は立ち上がり、バッグを持って部屋へ戻ることにした。

「待って」

李倩が私を呼び止めた。「机の上の封筒、それ、あんたのでしょ?」

言われて初めて、机の上に角2サイズの茶封筒が裏向きに置いてあることに気付いた。私と李倩はメールボックスを共用しているから、中をチェックする時はいつも相手の郵便物も一緒に取り出しているのだ。封筒は開封されていない。表にひっくり返すと、宛名を確認するより先に、右下隅に控え目に印刷されているT大学の校名と校章が目に飛び込んできた。急いで部屋に戻り、中身を確認すると、書類選考の合格と、筆記・面接試験の日時を通知する書類だった。


別科日本語専修課程の入っているビルは、学会参加者で賑わっていた。学会は土曜の午後に開催される。開会式の後はポスター発表のセッションで、一時間の間、十組の発表者がA0サイズのポスターの前で、来場者に研究内容を説明することになっている。発表をしない一般参加者は五十人前後だった。一般参加には資格制限が設けられていないので、W大学の日本語教師の同僚もいれば、他大学や民間日本語学校の日本語教師、ひいては日本語教育を専攻する大学生や大学院生もいた。

幾つか発表を聞き、何人か他大学の日本語教師と名刺を交換しているうちに、どことなく緊張してきた。ポスター発表が終わったら、来場者は全員大教室に集まり、口頭発表を聞く流れになっている。口頭発表は二本あり、それぞれ持ち時間が三十分で、終了後にそのまま閉会式に入る。私の口頭発表は二本目なので、実質的に今回の学会のトリである。質疑応答に対する予備演習は何度も重ねてきたつもりだが、緊張するといつも通りの日本語力が発揮できなくなってしまうのではないかと、こればかりは日本に来て何年経っても不安なのだ。

そんなことを漠然と考えながら廊下で学会の予稿集を読んでいると、松原さんが私を見つけ、話しかけてきた。

「柳さん、準備は大丈夫？」

夏休み中ずっと会っていない松原さんは、相変わらず穏やかな微笑みを湛えていた。

「こんにちは。松原先生もいらっしゃったんですね」私は軽く会釈をした。

「当然よ。柳さんの発表、聞かないわけにはいかないでしょ？」

「松原先生にそう言われると余計に緊張しちゃいますよ」

甘えるようにそう言うと、松原さんは、ふふふふっと声を出して小さく笑った。

「柳さんが緊張するのって、珍しいね。いつもドンと構えている感じだから」

私は苦笑した。そう思われているのは嬉《うれ》しいが、当然、緊張しないわけにはいかないのだ。

「いくら音声学や音韻論を勉強して、日本語の発音の仕組みを言語化する力を身につけていても、やはり日本人に――」

ここで禁句を使ってしまったことに気付いたので、言い直した。日本語教育に携わる者として、国籍で人間を区別するのは良くない。「やはり日本語は第一言語のようには操れないじゃないですか。発音なんて、自分も完璧にはできないのに、その重要性を説く研究を私がする意味って果たしてあるのか、最近悩んでいます」

「それは難しい問題ね」

私が打ち明けると、松原さんの笑顔には幾分真剣さが増した。しかし暫く経つといつもの優しい微笑みがまた口元に浮かんだ。「でも、そういうもどかしさこそ、柳さんならではの問題意識に繋がるんじゃないかな。そのもどかしさを掘り下げて、自分の言葉で語れるようにしたら、柳さんにしかできない研究になると思うよ」

じゃ、頑張ってね。そう言い残した松原さんはまたポスター発表の会場に入っていった。「自分の言葉」、あるいはそれを見つけるために、教師も学習者も、みんな苦労しているのかもしれない。溜息を吐いて、先に口頭発表の会場へ向かうことにした。

口頭発表の会場には既に二、三人、学生と思われる人が散り散りに座っていて、本を読んだりスマートフォンを弄《いじ》ったりしていた。あと十五分で口頭発表が始まる。今ごろ両親は桃園から成田空港へ向かう飛行機の中にいて、玉麗吐孜も筆記試験が終わってこれから面接試験に臨む頃だろう。玉麗吐孜は第一志望であるT大学の書類選考に通ったが、筆記試験と面接試験はちょうど学会の日と被っていた。付き添ってあげられないのは残念だが、事前の練習はかなり時間をかけて一緒に行った。あとは彼女の頑張り次第だ。私も違う場所で頑張らなければならない。

まだ誰もいない教壇に視線を向け、私はそこに立っている自分を想像してみた。

☆

新疆大学の広大な敷地と比べれば東京の大学はどれも狭く感じるが、試験会場であるT大学の本部キャンパスの狭さは想像を絶するものだった。それ故主要な教棟は全て十階以上の高層ビルになっていて、敷地面積の不足を補っている。幾つも聳《そび》え立つ真新しいビルのうちの一棟、その七階にある定員約四十人の教室が面接試験の会場だ。教室の外の廊下には椅子が何脚か置かれていて、そのまま待合スペースになっている。私も含めて受験生が三人、面接の順番を待っていた。

ちらりと他の二人を覗いてみた。二人とも男で、黒のスーツでビシッと決めている。一人は私と同じ一六〇センチくらいで、もう一人は一七五くらいありそうだ。持ち物から判断すればどちらも日本人のようだった。背が低い方の受験生は一心不乱にノートにびっしり書き込まれている文字を読み込んでいた。背が高い方は準備万端なのか諦めているのか、ただ窓の外に広がる晴れた空を眺めていて、放心状態に入っているようにすら見えた。

柳先生と一緒に作った面接対策メモに視線を戻す。「自己紹介《じこしょうかい》してください」「研究計画《けんきゅうけいかく》について説明《せつめい》してください」「この研究計画《けんきゅうけいかく》においてどんな困難《こんなん》が予想《よそう》されますか」「修了後《しゅうりょうご》の進路《しんろ》についてどのようにお考《かんが》えですか」など、定番の質問がルビ付きで、漢語の対訳と一緒に並んでいる。回答は文章ではなく箇条書きで、日本語と漢語の対訳で書いた。文章にしてしまうと、本番では絶対に思い出せないから逆に慌ててしまう。箇条書きがちょうどいい。それが柳先生のアドバイスだった。日本語の文章は丸暗記を考えないこと。助詞などの細かい文法より、回答の内容を押さえる方が大事。それも柳先生のアドバイスだった。

教室のドアが開き、二十分前に入っていった受験生——やはり男——が神妙な表情で出てきた。それからまた五分くらい経ち、スタッフと思しき中年の女性が出てきて、私の名前を呼んだ。

「ユルトゥズさん?」

はい、と私は答えた。

「次、お願いします」

スタッフはそう言って、教室に入れてくれた。教室に入ると彼女はドアを閉め、ドアの横の椅子に着席した。

教室の真ん中には長テーブルが二脚横長に並んでいて、五人の教授がその向こうに座っていた。テーブルの手前には椅子が一脚置いてある。五人のうち女性は一人だけで、一番端っこの席に座って何かを読み込んでいた。真ん中に座しているのは生え際がかなり後退していて、幾束かの灰色の髪の毛が申し訳程度にてっぺんを覆っている男性だった。卓上には五人のネームプレートが置いてあって、「小谷野《シャウグーイエー》」「沼倉《ジャウツァン》」など日本語の読み方がよく分からない名前が書いてあった。

五人に向かってお辞儀をすると、

「お座りください」

と、真ん中の先生が優しそうに微笑んで、空いている椅子を示しながらそう言った。

学会後の懇親会は冒頭だけ出て、十分くらいで抜け出した。駅に向かいながらスマートフォンをチェックすると、何件も着信が入っていて、全て父の携帯電話からだった。急いで折り返すと、電話に出た父の声はひどく不機嫌に聞こえた。

「ごめん、今学会終わったの。今どこ？」

そう訊いても、父はなかなか自分の居場所が特定できなかった。どこか大きな駅にいるのは確かだが、改札の中にいるのか外にいるのかすら分からないようだった。父はただ喋々《ちょうちょう》と、駅員に訊いても中国語は通じないし、券売機の操作がやりにくいし、大体、あんな複雑な路線図、分かるわけないだろ、などとそんな類の愚痴を口にしていた。仕方なく近くの売店の店員に携帯を渡してもらって、その店員に訊いてやっと所在地を特定できた。どうやら乗り換えで間違って反対方向の電車に乗ってしまい、横浜を目指すところが埼玉方面へ行ってしまったらしい。

やっと川口駅を出たところでベンチに座り込んでいる両親を見つけた時、日はすっかり暮れていた。父はぼんやり空を仰ぎ見ていて、母はペデストリアンデッキを行き交う人波を眺めていた。駅前の雑踏とは全く無関係というふうに、二人の輪郭は琥珀色《こはくいろ》の街灯に滲んでぽっつりと夕闇に浮かび上がっていた。

「ご飯、食べた？」

私は父に訊いた。しかし父は何も答えず、ただ黙りこくっていた。改めて母に視線を向けた。

「さっきコンビニで弁当を買った」

　母はそれだけ言って、また黙り込んだ。

　三人の間に渦巻くどんよりとした空気に少なからぬ息苦しさを感じながら、私は無言で目的地までの切符を買って渡し、そのままホームへ先導した。電車は家族連れや部活帰りの中高生で溢れ返っていたが、ある大きな駅に止まると人々が潮のようにさっと退いていった。ちょうど二人分の席が空いたので、そこに両親を座らせ、自分はその向かい側の一人分の空席に腰を下ろした。道中、三人とも何も喋らなかった。

　両親は人が犇《ひし》めく大都会には慣れていないので、ホテルは横浜の海が見える場所で取ってあげた。やっと部屋の中に二人を落ち着かせると、時刻はもう九時を回っていた。

　明日の朝九時に迎えに来るから、と母に言って、背を向けた瞬間、まったく、何年間も会ってないのに空港にも来てくれないなんて、とぼそっと父の呟く声が背後から聞こえてきた。

　それまでの沈黙の蓄積が生み出した、どこか火薬の臭いを帯びたぬめりはその一言でようやく着火して爆発し、その瞬間、耳を疑うような轟音《ごうおん》が部屋中に轟《とどろ》き渡る。その音は私が拳でクローゼットの扉を思いっきり殴り付けたことで生じたものだったことを理解するまで、数秒間を要した。手に痛みがひりひりと伝わってきたのはその直後だった。

音の残響が沈んだ後も暫く、部屋の中はまるで時間の流れが止まったかのように全てが静止していた。自分の表情は分からないが、両親の驚愕《きょうがく》した面持ちから、二人の目には凄《すさ》まじいものに映っていることが分かる。三人はそのまま一頻り見つめ合った。立ちはだかる無音はさっき私が叩き出した轟音よりも重くずっしりと耳殻《じかく》に鳴り響いた。

じゃ、そういうことで、また明日。そう言い残して、部屋を後にした。しかし頭の中は膨らみ続けている風船が入っているかのように、思考の働きが圧迫されていた。方向も意識せず、私は暫くあてどなくフロアを彷徨った。ビロードの絨毯が敷かれているエレベーターホールまで辿《たど》り着いてようやく、自分はまだ晩ご飯を食べていないことを思い出した。

☆

無音はどんな騒音よりも耳に響く。

李倩が引っ越して二週間、未《いま》だ家中に充満する静寂には慣れそうにない。それは粘度のある静寂だった。かつてこの空間に満ち満ちていた音と声、その名残りからなった静寂は、いつまで経っても鼓膜に粘りつく。

二週間前、いつも通りバイトから家に帰ると、李倩は既にいなくなっていた。彼女の部屋はまるで最初から誰も住んでいないかのようにがらんとしていたし、キッチンにあった食器から、バスルームにあったシャンプーやコンディショナー、トイレにあった生理用品まで、彼女の所有物は悉《ことごと》く消えていた。２ＤＫの借り家の中で唯一、彼女がここに住んでいたことを証明しているのは、食卓の上の三枚の万札と、彼女の筆跡の書き置きだけだった。その書き置きには、「谢谢（ありがとう）」の一言しか書いてなかった。

空っぽになった部屋をぼんやり眺めながら、私は思った。出る前に一言くらい声をかけてくれてもいいのに、と。勿論、彼女はわざと私のいない日を狙って出ていったのだということくらい、分かりきっていた。

それから一週間くらい悩んで、やっと決心がつき、私はチャットアプリで絵美にメッセージを送ってみた。

「私はルームメイトを探している。絵美ちゃんは、一緒に住む？」
柳先生を誘ってみようか悩んだが、やめることにした。どうしても踏ん切りがつかなかった。先生は大学の近くに住んでいるから、わざわざ引っ越す必要もないだろうし、私自身もやはりどこか先生と距離を縮めることに抵抗を覚えたのだ。何故か絵美なら誘ってみてもいい気がした。彼女も一人暮らししているし、大学生にとって家賃は安い方が助かるはずだ。しかしメッセージを送ってから一週間、まだ返事は来ていない。

昨日の面接試験はまずまずといったところだった。訊かれた質問はおよそ事前に想定した範疇《はんちゅう》を超えなかったし、聞き取れなかった質問は教授たちが易しく言い換えてくれた。聞き取れなかったら素直にそう言いなさい、分かったつもりで見当違いの答えを言うのが一番いけないことだから、という柳先生の助言が功を奏したのだ。

日曜日は大学内のコンビニは営業しないから、バイトがない。窓の外の空は——すぐ近くに高いビルが建っていて景色を遮っているから、空といってもとても狭く切り取られたものなのだが——よく晴れているが、出かけようという気が起きない。第一志望の試験が終わったばかりだから、勉強する気にもならない。

部屋を出て、新宿の専門店で購入したハラール処理の鶏肉を冷凍庫から取り出し、久しぶりにご馳走《ちそう》を作ることにした。

鶏肉のぶつ切りを熱湯でさっと湯通しして血を洗い流し、醬油《しょうゆ》、塩、黒胡椒《くろこしょう》、華北山椒などの調味料を沁《し》み込ませて二十分置く。その間に大蒜《ニンニク》、生姜《しょうが》をみじん切りにし、ピーマン、玉葱《たまねぎ》、人参《にんじん》、じゃが芋を乱切りにする。中華鍋に油を引き、干し唐辛子、生姜と大蒜を炒《いた》めてから豆板醬《トウバンジャン》を入れて更に炒める。そして鶏肉を加えて八角などの香辛料と共にまた程良く炒めてから水に入れて煮込む。煮えたら人参とじゃが芋を入れ氷砂糖を加えて更に煮込み、最後に玉葱とピーマンも入れて、火が通るまで掻き混ぜる。出来上がった大盤鶏《ダーパンジー》を文字通り大きな皿に盛る。興が乗って二時間かけて作った大皿料理だが、三分の一くらい食べたらもうお腹が一杯になった。もし李倩がまだいたら、というふと浮かんだ考えを頭の片隅に押しやり、残った食べ物にラップをかけて冷蔵庫に入れた。洗い物が億劫《おっくう》で、シンクで水につけたまま夜まで放置することにした。

部屋に戻り、日没後の礼拝《シャム》の時刻にアラームを設定してから、昼寝をすることにした。しかしスマートフォンの通知音で目が覚めた時、窓の外はまだ明るかった。画面を覗き込むと、絵美からメッセージが届いていた。

中華街で昼食を食べた後、その足で山下公園へ向かう。空は息が詰まるほど綺麗に澄んでいて、薄藍《うすあい》の海は陽射しを照り返して小さく白く煌めいていた。初秋の気温はそれほど高くなく、潮風も涼しくそよ吹いていていてとても快適だった。両親の案内役とはいえ、自分もすっかり観光客気分になり、公園の噴水やその周りに咲いている色とりどりの花を夢中で眺めていた。

昨日のことには決して触れまいという暗黙の了解が三人の間でできているようで、何となく漂う気まずさもわざとらしい明るさで塗り替えた。そんな空気はどこか張り詰めてはいるものの、どちらにも偏らないような絶妙な均衡を保つ。海に面したベンチに腰を下ろし、三人は暫く海を眺めながら潮風に当たっていた。

「あの船は何なんだ？　海に出たりするのか？」

父は斜め前の氷川丸《ひかわまる》を指差しながら訊いた。

「いや、とっくに運航停止したよ。今は観光スポットじゃないかな」

私が答えると、父は更に訊いた。

「お前、あそこに入ったことはあるか？」

なんでそんなどうでもいいことを訊くのかと思った。しかしどうでもよくないことは例えばどんなことか私には分からないし、たとえ本当にどうでもよくないことを訊かれたとして、両親にはそれに対して素直に答えられるとも考えにくい。いや、と首を横に軽く振ると、父は何か考え事をしているようで、ベンチの背もたれに背中と右腕を預けながら空を見上げた。

日曜は人出が多く、家族連れや若いカップルがあちこち散策していた。近くでストリートミュージシャンがギターを弾きながら囁くようにバラードを歌っていて、遠くからは大道芸人の掛け声と観客の拍手の音が聞こえた。

「ここで暮らしていて、楽しいか？」

横浜で暮らしたことはないが、父にとってここは日本のことだろうと思った。日本で暮らしていて楽しいか。それはどこで暮らしても楽しいことばかりじゃないよ。しかしそうとは言わず、楽しいよ、と頷くことにした。それを受けて、父も無言で何回か頷いた。

ベンチから立ち上がり、今度は少し高いところに行くね、そう言って、港の見える丘公園を目指した。両親も立ち上がって、無言で私の後についてきた。

真っ白な洋館の向かい側の入り口から公園に入り、丘の上へ通じる石階《いしばし》を上っていく。石階は木陰に覆われてとても涼しく、幾つかの広場やフランス領事館だったらしい跡を通り過ぎると、薔薇《ばら》が中途半端に開花しているイギリス庭園に入る。その先の噴水の広場を横切り、もう何段か低い階段を上ると、やっと展望台に出た。

展望台には十人くらい先客がいて、私も彼らに交じって港の方を眺めた。展望台が海から離れている上に、間に箱のような建物がびっしり並んでいるせいで、想像していたような果てしのない大海の景色は見られない。空がよく晴れているから遠くのベイブリッジまでは見渡せるが、その先に広がっているであろう東京湾の風景は想像の中で思い描くしかなかった。少し落胆しながら両親に解説しようと振り返ると、二人が大汗を掻いていることに気付いた。

「疲れた?」

そう訊くと、父は黙って頷き、母と一緒に近くのベンチに腰を下ろした。風が涼しいのに、まだ少ししか歩いていないのに、そんなに汗掻いちゃって。そう思いながら息切れの激しい両親を見下ろしていると、不思議な感覚にとらわれた。子供の時に聳え立つ壁のように高く感じた二人は、少しでも逆らうと痛い目に遭わされた二人は、いつからこんなに小さくなってしまったのだろうか。私の立ち方やお箸の持ち方から、食べなければならないもの、入るべき学校、進むべき進路まで自分たちの思う通りにしようとした二人は、今や私が傍にいなければ電車の乗り換えもできない、とても弱い人間になってしまった。二人の老いた姿を目の当たりにすると、憐憫《れんびん》に似た感情と共に、復讐《ふくしゅう》に成功したような残酷な快感を抱いている自分に気付いて、ハッとした。

私は二人の名前を心の中でなぞった。柳福貴《リョーフーグェー》、王佩君《ワンページュン》。この二つの名前を最後に口に出して発音したのは、そう言えばいつのことだろう。柳福貴。日本語で発音すれば、りゅうふくき。「く」は母音無声化の関係でほとんど聞こえず、「りゅうふっき」になる。「福貴」といういかにも俗っぽい名前には、物質的に恵まれなかった上の世代の人の願いや祈りが込められているのだろう。福も、財も欲しいと。日本に来てからも、両親の氏名が必要な書類にはその名前を何度も書いたが、それが「りゅうふくき」なのか、「リョーフーグェー」なのか、振り仮名の欄では毎回悩む。そして毎回、りゅうふくき、と書く。私が「りゅうぎょうげつ」なんだから、父は「りゅうふくき」でなければおかしい。父の名字が「柳」だから私の名字も「柳」でなければならないのと同じように。台湾では私が父の名字に従うことになっているけれど、日本では父が私の名字に従わなければならない。りゅうふくき。それは間違いなく父の名前だが、彼の一生はこの五拍の音とは全く関係のないところで始まり、あっという間に六十数年が経ち、これからも関係を持つことなく続いていくだろう。

ゆっくりと、寝ている子供を起こさないよう気遣うみたいに、私は父の隣に腰をかけた。すると父は、

「お前、ずっと覚えているのか?」

と出し抜けに訊いた。何を? と訊き返すと、子供の時、お前をよく殴っていたこと、と、父は視線を逸らして決まり悪そうに言った。

どう答えればいいか分からず、私は黙り込んだ。その沈黙を肯定と捉えたのか、母が口を挟んできた。

「私たちも仕方なかったのよ。誰も子供の育て方なんて教えてくれなかったし、本を読んでも通り一遍のことしか書いてなかった。だから私たちは、私たちの親の育て方を真似するしかなかったじゃない」

ジャウ・サーデン・ゴン。母が口にしたその台湾語が、彼らの親世代の育て方だそうだ。一日三食の如《ごと》く殴る、という意味。玉は磨かなければ良い器にはなれ

ない。子供は殴らなければ良い大人にはなれない。それが彼らの、そして彼らの親世代の価値観だった。

沈黙する私に目をやって、父は溜息を吐いた。

「昔のことは、俺も母さんも申し訳なく思ってる。けどな、いつかお前に子供ができたら、きっと俺らの気持ちも分かるだろう」

私は両親の顔をじっと見つめた。二人とも、記憶よりかなり皺が増え、頬の肉が弾力を失って弛《たる》み、肌にシミが点々とついていた。意識して嗅ぐと、加齢臭も臭ってくる。かつての高圧的な威勢の良さは見る影もなく、代わりに相手の理解を渇望するような表情がその顔に浮かんでいた。

目を逸らして何度かゆっくりと頭を振った。でも私は多分、子供を持つことはないと思う——その言葉は、ついに口にすることができなかった。

☆

秋学期が始まると、大学内はまた一気に人が増えた。

「おはようございます」

そう言いながらレジに入った。今日のシフトは午後三時からラストの十時までだ。電子レンジの横に置いてあるシフト表を見ると、絵美は五時から入ることになっている。二人ともラストまでだ。

絵美に会うのが待ち遠しくて最初の二時間はなかなか落ち着かず、冷凍してはいけないホットドッグを冷凍庫に入れたり、カプチーノを注文されたのにカフェラテのボタンを押したり、お釣りの金額を間違えたりするようなミスを何度か危うくやらかしそうになった。途轍《とてつ》もなく長く感じられた二時間がやっと過ぎて、五時ぴったりに「おはようございます」という明るい声と共に絵美がレジに入ってきた。彼女と入れ替わりに聡が上がったが、絵美にばかり気を取られて「お疲れ様でした」と彼に挨拶するのを忘れてしまった。

「来週日曜日、空いてる？」

ルームメイトになってくれないかと訊いたのに、絵美から返ってきたのはこのメッセージだった。「空」の読み方が分からず、辞書で調べるとどうやら「あ」とも「す」とも読めるようでやはり分からなかった。ただ漢字から推測すると、時間があるかどうか訊かれているのだろうと思った。取り敢えず「はい」と返事した。すると「一緒にご飯にでも行かない？」という誘いが来たのだった。

勤務中に何度か絵美を盗み見て、その誘いが「はい」と「いいえ」のどちらに偏るものか見極めようと試みた。しかし絵美はあくまでもコンビニ店員として完璧に、事務的な微笑みを湛えながら仕事をこなしているだけで、私とは目を合わせようともしない。新学期初日で客の入りが良くて一日中慌ただしく、話しかける余裕もなかった。

仕事が終わった後の、事務所でゆっくり賄いを食べる時間を狙って話しかけようと思った。しかし秋学期が始まるとラストの態勢も夏休みの二人態勢から通常の四人態勢に戻った。しかも新学期初日だから、店長もラストまで残った。そのせいで絵美と二人きりで会話する機会が見つからず、結局ルームシェアのことも日曜日のことも訊けずじまいだった。

一週間に二回も成田空港に来ている。火曜の夕方は両親の見送りに来たが、今日は自分が飛行機に乗る番だ。実沢の結婚披露宴に出席するために、六年ぶりに台湾に帰ることになった。帰国のことを知られたら実家に寄れと言われるだろうから、両親には言わなかった。

金曜の出発ロビーは火曜にもまして忙しなく、様々な言語を操る人たちが行き交っている。搭乗予定のLCCのカウンターには長蛇の列ができていて、人々は漢語や日本語で終わったばかりの旅、あるいはこれから始まる旅について話していた。日本語よりも台湾訛りの漢語の方がよく聞き取れるが、あまり実りのない雑談も含めてはっきり聞き取れ過ぎて、逆に疲れる気がした。

外国人用の再入国出国記録カードの「再入国する予定です」の欄にチェックを入れ、パスポートと一緒に審査官に渡すと滞りなく通された。ずらりと並ぶ高級免税店を素通りし、そのまま搭乗ゲートを目指す。ガラス張りの壁越しに見えた夕方の空も、桃園国際空港に着いた時分にはすっかり暗くなっていた。飛行機を降りると、台湾の夜市の風景を描いた壁画が目に飛び込んできてふと懐かしくなった。到着ロビーも、六年前は工事中でボロボロだったが、今は当時より内装がうんと立派なものになっていた。

西門町のユースホステルに一晩泊まり、朝になると捷運《地下鉄》に乗って信義区へ向かう。東京の気持ち良い晴れ方とは違い、台北は珍しく晴れる日でも「いやいやながら晴れる」という印象を与える。空は青いけれど、何だか薄い灰色の膜が貼り付いているような、陰のある青だった。夥《おびただ》しいオートバイの排気ガスのせいか、それとも単に雲が低いからなのかは分からないが、空気まで翳《かげ》りを帯びているように見えた。信義区では一〇一ビルがそんな空気を突き破り、空に突き刺さらんばかりの勢いで聳え立っていた。何度見てもそれは巨大なペニスを連想させた。実沢の結婚披露宴会場であるホテルが、そのペニスの根っこにあるのだ。

入り口でご祝儀を渡すと、受付の女性は愕然とした表情で私を見上げた。仕方なく、

「これは日本式のものです」

と説明した。それでも理解できないようでじっと私を見つめるので、「新婦は日本人でしょ？」と付け加えた。それでやっと受け取ってくれた。

女性が動揺するのも分かる。台湾の結婚披露宴で渡すご祝儀は、赤い封筒に入れるのが通例で、白い封筒は主に葬式用のものなのだ。その上、日本式のご祝儀袋に書いてある「壽」という字は、「壽終正寝《天寿を全うする》」という言葉を連想させるので、台湾ではやはり葬式でよく見る文字だ。それは勿論分かってはいるが、どうしても台湾式の封筒で包む気にはなれなかった。実沢の親族が来ているかどうかは分からないが、もし来ていたとしても、やはり郷に入っては郷に従い、赤い封筒に

しているのかもしれない。身に馴染《なじ》まない中華式の風習に適応しようとする実沢に、たとえそれがおこがましいとしても私一人だけでも寄り添ってあげたいと思った。そしてその日本式の白い封筒が、ここでは私と彼女にしか分からない、暗号のようなものになればと密かに思った。

「啊《あっ》，柳凝月《リョーニンユエー》！」

会場に入ると急に漢語で呼び止められた。声のする方へ視線を向けると、同い年くらいの女性が私に手を振っているのが見えた。顔見知りのはずだが、誰かは思い出せない。私の戸惑いを見抜いたか、彼女の方から名乗ってくれた。

「許茜妮《シューチエンニー》啦《よ》，茜《あかね》。不記得啦《忘れたの》？」

言われてようやく思い出した。大学院時代の同期だ。同級生の中で台湾人は彼女と私の二人だけだった。愛称は茜《あかね》ちゃんで、「妮」という漢字は日本では登録できないから、公式の書類ではいつも「許茜ニ」と表記されていたらしい。私が修了後も日本に残ったのに対し、彼女は台湾へ帰り、台北で日本語を教えているから、もう四年間も会っていないことになる。

会場は赤一色に飾られ、中華式の円卓が十数脚ずらりと並んでいる。会場後方の隅っこに「女方親友席《新婦側親族・友人席》」のプレートが置いてあるテーブルを見つけ、茜と一緒に着席すると、程なくして披露宴が始まった。スーツを着た司会が二、三分挨拶した後、会場前方のスクリーンに新郎新婦の思い出のビデオが映し出された。ビデオは新郎新婦の出生から、小学校、中学校、成人、出会いのきっかけ、結婚に至るまでの道程を、写真を交えて振り返っていった。

ビデオを見ていると、ひどく寂しい気持ちになった。一枚一枚の写真は間違いなく実沢なのに、自分の知っている実沢とは別人のように思われた。自分の知っている実沢はこの中にはいない、あるいは最初からこの世界のどこにもいなかったのかもしれない。そんな気がした。

「妳看《見て》，志桜里ちゃん、好漂亮《綺麗》！」

ああ、見てるよ。私の腕を揺さぶりながら、漢語と日本語を綯《な》い交ぜにしてはしゃぐ茜に、私は苦笑しながらそう言った。真っ白なウエディングドレスを着た実沢は、実に美しかった。黒のスーツに蝶《ちょう》ネクタイの新郎と腕を組んで、無数の歓声と拍手を浴びながら、実沢は会場後方から一歩一歩ゆっくりと前へ進んだ。茶色く染めた髪の毛はフルアップにして、その下に背骨がくっきりと浮かび上がっていた。

「ウエディングドレス、憧れるね」

議員をやっているらしい来賓が冗長な挨拶をしている間に、何故か日本語で茜がそう漏らし、うん、そうね、と私も日本語で返事した。

「しっかし、月《げつ》ちゃんは来るだろうなと思ってたけど、やっぱりね」

ふと茜がそう言った。

「なんで？」

「月《げつ》ちゃんは、志桜里ちゃんとすごく仲良かったんじゃない？」

うん、まあね、一緒にＴＡもやってたしね。頷きながら日本語で答えると、

「あなたたちは日本人ですか？」

と、隣に座っている人が覚束ない発音の日本語で話しかけてきた。三十代前半に見える男性だった。ううん、台湾人だよ、と私は漢語で答えた。志桜里ちゃんとは大学院時代の同期でね、二人とも今は日本語を教えてるの、と茜が補足した。話を聞くと、同席の人はみな実沢の台湾での生徒らしい。実沢が勤めている日本語学校はサラリーマンが主な客層なので、生徒はほぼ二、三十代の男女だった。実沢の話になると、志桜里先生はすごく優しいし、教え方も上手い、などとみんな口々に賞賛していた。サネザワ、という名字が発音しづらいから生徒はみんな実沢のことを志桜里先生と呼んでいるとのこと。そうと知ってたら僕が先に告白

すれば良かったな、僕も結構先生が好きだったんだ、と誰かがおどけるように言うと、どっと笑いが沸き上がった。私も合わせて笑おうとしたが上手くいかず、鼻の奥にじんと痛みを覚えた。

☆

家を出た時にスマートフォンを忘れたのを思い出したのに、取りに戻らなかったのがそもそもの失敗だった。

空を見上げれば目眩がするほどの、陽射しが強い日本晴れだった。最寄りの蒲《かま》田《た》駅に着いたのはいいが、約束のレストランの場所が分からなかった。レストランの名前は覚えているが、スマートフォンがなく地図で調べることもできない。どこかに案内板はないか探すために駅前をうろうろしていたら、交番が目に入った。待ち合わせの十二時半まで時間がないから、交番で道を訊くことにした。交番前で警察官に来意を説明するといきなり、在留カードを見せろと言われた。財布を開いてはじめて、在留カードは携帯と一緒に家に忘れてきたということに気が付いた。

忘れました。そう言うと、警察官の顔色が一変した。

「蒲田に何しに来たんですか？」警察官が眉を顰《ひそ》めながら訊いた。

「友達と、ご飯を食べます」

警察官の険しい表情に気圧《けお》されながら、恐る恐る答えた。そして財布の中に健康保険証が入っていることを思い出したので、それを見せた。保険証を受け取った警察官は不審げな表情で一頻り眺めた後、返してくれた。

「中国人ですか？」と警察官は訊いた。

少し躊躇してから頷くと、「変な名前だな」と警察官が呟き、交番に戻るやいなや他の警察官と何か話をした。すると相手の警察官が交番から出てきたかと思えば、どこかへ消えていった。ややあって、パトカーが一台走ってきて、交番の前に止まった。

「乗ってください」

最初に私と話した警察官がそう促した。それを聞いて私はびっくりした。

「どこに行きますか？」

私が訊くと、

「警察署」と彼は仏頂面で答えた。

「どうしてですか？」

「ルールです」

在留カード見たいなら、家に行ってください、新大久保です、ちゃんと家にあります。知っている限りの単語と文型を掻き集めて一生懸命言いたいことを伝えようとしたが、警察官はただ「ルールです」の一点張りで、警察署に行くと言って譲らなかった。仕方なくパトカーに乗ることにした。

警察署に着くと四十代に見える女性の警察官が出てきて、そこで徹底的に身体検査をされた。靴を脱がされ、バッグの中身を調べられ、財布の中のキャッシュカードや病院の診察券、ポイントカードまで一枚残らず取り出されてチェックされた。その後は机の前に座らされた。机を挟んだ向こうには別の男の警察官が座っていた。男は何かを書き記しながら、何のために日本に来たのか、今はどこに住んでいるのか、何故在留カードを持っていないのか、などと立て続けに質問をした。彼の日本語は早口の上にもごもごしていてとても聞き取りづらかったが、繰り返してほしいと要求するとイラッとした顔をされた。

小一時間問い詰められ、空腹に耐えられなくなりそうになった時に、やっと在留カードを取りに行こうと言ってくれた。それからまたパトカーに乗せられ、二人の男の警察官に同伴されて新大久保の家まで連れていかれた。家に着くと、警察官は家の外観と中の様子を勝手に撮影し始めた。部屋で在留カードとスマートフォンを見つけた後も、そのカードを持って写真を撮らせてくれと言われた。仕方なく、素直に従った。

「在留カード、あります。もういいですか？」

写真撮影が終わった後、私は警察官に訊いた。すると警察官は首を横に振り、これから警察署に戻る、と言った。

「それはおかしいです。悪いこと、しませんでした。ただ学生です」

しかしいくら抗議しても、警察官はただ薄笑いを浮かべながら、ルールですから、と言うだけだった。空腹を抑えるために板チョコレートを持って行くことだけは許可してくれた。

再度警察署へ戻る道中、隙を見て柳先生と絵美にメッセージを送った。午後の陽射しがサイドミラーに反射し、ちょうど後部座席に座っている私の目に当たっていて、ひどく眩しかった。

成田空港へ向かう飛行機の中で雲海をぼんやり眺めていると、花嫁姿の実沢が何度も脳裏にちらついた。

実沢はそれで幸せなのか？　私には分からないが、少なくとも披露宴では実沢は幸せそうに笑っていた。披露宴は慌ただしく、実沢は二回入場したが、結局新郎と一緒にテーブルに挨拶しに来た時に少し言葉を交わしただけで、ゆっくり話をすることができなかった。

憧れる、という茜の言葉がきっかけで、自分も実沢に憧れていることに気が付いた。憧れているのは真っ白なウエディングドレスでも、荘厳な儀式や派手な披露宴でも、結婚で得られる法的権利でもなく、ただ公にできて、みんなに祝福されるような、そういう二人の関係性だったと思う。

ごく自然と、玉麗吐孜の姿が頭に浮かんだ。それと同時に、ある具体的な考えが閃《ひらめ》いた。大学院受験が上手くいったら、一緒に暮らすことにしよう。これまでも同棲《どうせい》を考えたことがないわけではないが、付き合ってまだ数か月しか経っていないので時期尚早だと感じていた。しかしもし玉麗吐孜の受験が上手くいき、日本に住み続けられそうだったら、そしてもし彼女も同棲を望んでいるようだったら、そろそろ考えてもいいと思った。

そして、何もかも上手くいったら、いつかは結婚しよう。無理な話ではない。日本ではまだできないかもしれないが、台湾では憲法解釈によって二年以内、遅くとも二〇一九年には同性婚が可能になるのだ。必要があれば日本を離れて、二人して台湾で暮らすのはどうだろう。台湾でなら日本語教師の働き口はいくらでもあるし、翻訳のニーズだって沢山あるだろう。両親には渋い顔をされそうだが、時間をかけて説明すればいつかは理解してくれるはずだ。

そう思い付いた途端、胸の高鳴りを感じた。迪化《てきか》だった烏魯木斉《ウルムチ》に住んでいた玉麗吐孜に、台北の迪化街《てきかがい》を案内しよう。南京東路も、長安西路も、寧夏路《ねいかろ》も、饒河街《じょうががい》も。披露宴は台湾で一回、日本で一回が良い。もし玉麗吐孜が望むなら、新疆に行って、そこでもやろう。玉麗吐孜はウエディングドレスを着たがらないだろうから、燕尾服《えんびふく》かタキシードがいいかもしれない。あるいはウイグル人の民族衣装でも構わない。いや、寧ろその方が素敵だ。そうすると私も漢民族の漢服を着ることとしよう。

早く東京に着かないかな。手を目の前に翳し、前の座席の窓から差してきた眩しい日光を遮りながら、私は着陸が待ち遠しかった。

☆

警察署に着いた時、絵美は既に署の外で待っていた。私を見かけるとこちらに向かって歩いてきた。

「どなたですか？」

警察官が訊くと、絵美は私を指差しながら、

「彼女の友達です」

と答えた。いつかコンビニで嫌な客に遭った時のような、低く、抑揚に乏しく、しかしきっぱりした口調だった。

それから絵美と警察官は私には聞き取れないスピードの日本語で、三十秒くらい立ち話をした。話しているうちに絵美はどんどん激昂してきているように見えて、それに対して元々突っ慳貪《けんどん》に対応していた警察官はやっと折れたようで、二回頷いた。そしてやはり聞き取れない日本語で絵美に何かを言いながら、早く署

の中へ入るようにと手振りで私を促した。絵美も私の後について署に入ってきた。

警察署に入るとさっきと同じ椅子に座らされ、暫く待たされた。絵美は入り口近くのソファに腰をかけるよう指示された。ややあって、前と同じ女性の警察官がやってきた。

「来てください」

それだけ言って、また奥の部屋へ入っていった。彼女についていって部屋に入ると、そこで壁際に立たされ、正面写真と側面写真を何枚か撮られた。そしてスキャナーのような機械に手を載せさせられ、両手の掌紋、側掌紋と十本の指の指紋を採取された。

それから彼女は私を椅子に座らせて、部屋を出ていった。程なくして、研究室で使う試験管の口に漏斗《ろうと》みたいなものを取り付けたような形の、何に使うか見当もつかない器具を手にして部屋に戻ってきた。その器具を私に渡しながら何か言ったが、その日本語は聞き取れなかった。

「何ですか？」

私が訊き返すと、

「ダエキ」

と彼女ははっきり発音した。それでも意味が分からず、

「ダエキは何ですか？」

と訊くと、彼女はゆっくりと、

「その中に、ツバを、ハイてください」

と言った。

「～てください」という文型から、それは私に対する指示だと分かり、そろそろその指示に従わないと危ない気がしたが、意味の分からないものは分からない。しかしもはや訊き返す勇気もなく、そのプラスチックの器具を右手で握り締めながら、俯いて黙り込むことしかできなかった。俯いてはじめて、指先が微かに震えていることに気付いた。

反応に窮している私を見かねてか、警察官は苦笑しながら右手の親指と人差し指で小さな円を作って、少しばかり俯き、その円の中に唾を吐く仕草をした。その仕草を見てはじめて、「ダエキ」という音と「唾液《トゥオイエー》」という漢字が私の頭の中で結び付いた。それと同時に、自分が唾液を採取されようとしていることをようやく悟った。その発見によって、自分はただ不当に犯人のように扱われているというわけではなく、本当に犯人になってしまっているのかもしれない、という可

能性に思い当たった。

「どうしてですか？」

私が訊くと、警察官は何か答えたが、彼女が口にした日本語は私にとってほとんど意味を成さない音の連なりだった。ただ、「ＤＮＡ《ディーエヌエー》」という言葉だけはしっかり聞き取れた。彼女の答えを理解するにはそれで充分だった。

「在留カード、ないだけ、ＤＮＡ《ディーエンエー》取りますか？」

努めて冷静に尋ねるつもりだったが、声が小さく震えているのは自分でもよく分かる。しかし、発音が悪いのか、それとも文法が間違っているのか、私の質問が通じなかったようで、警察官は黙って私を見ているだけだった。仕方なく言葉を換えてもう一度訊いた。

「どうして、ＤＮＡ《ディーエンエー》、取るんですか？」

警察官はやっと私の質問を理解し、答えてくれた。ところがその答えはまたしても通り一遍の、「ルールです」、というものだった。それ以上の説明をしてもどうせ聞き取れやしないだろう、とでも言うように。

唾液採取が終わった後、空腹感がまた襲ってきた。暫くしてから、女性の警察官は私の唾の入った採取用キットを持って部屋を出ていった。暫くしてから、日本語がもごもする男の警察官と一緒に部屋に戻ってきた。男の警察官はバインダーに何か大仰な書類を挟み、それを手に持っていた。

それからまた訊問が――これは「訊問」だと、今となっては理解した――始まった。中国のどこから来たのか、何故日本に来たのか、仕事はあるのか、いつ帰国するのか、一人で住んでいるのか、彼氏はいないのか、そんなことを事細かに訊いては、私の回答を書き記していった。彼の日本語が理解できず黙り込むと、女性の警察官は易しい言葉に直してゆっくり繰り返してくれた。

部屋の中には時計がないのでどれくらい経ったかは分からないが、体感的にはまた一時間は経った気がする。ようやく取り調べが終わり、二人に促されるまま部屋の外へ出た。そこで別の警察官に引き渡された。蒲田駅の交番から私をここまで連れてきた警察官だった。「行くぞ」と彼は言い残すと、署の外へ向かった。署の外にはパトカーが一台止まっていた。どこに連れていかれるかは分からないが、もうどうでもいいやとやけくそな気持ちになり、私は無言で警察官に従ってパトカーに乗り込んだ。何を言っても、何を訊いても、どうせ何も変わらないし、従うことしか私には選択肢がなかった。絵美も私の後について乗り込んできた。

幸い、行き先は特に変なところではなかった。パトカーは蒲田駅の交番前で止まった。そこで私は交番前に立たされ、また何枚か写真を撮られた後、ようやく解放された。絵美に付き添われながら逃げるように交番を離れ、駅前の雑踏に身を投じた。交番が見えない駅内の柱の陰で足を止めた瞬間、全身から力が抜けていくのを感じた。駅の外は既に薄暗い深紫に包まれ、遠くの空に佇《たたず》む積雲の群れが逆光で重く濁った真っ黒な塊に見えた。

絵美がハンカチを渡してくれてはじめて、自分が涙を流していることに気付いた。恥ずかしくなって、ハンカチを受け取ると絵美に背を向け、早く涙を拭こうと思った。しかし拭いても拭いても、涙は延々と両目から流れ出てきてしまい、どうしても拭き切れなかった。微かな香りの漂う薄いピンク色のハンカチは、見る見る濡れていった。

ふと、背後から抱き込むようにして、絵美がそっと私の身体に両腕を回した。その動きに触発されて、涙が更に勢いを増して止め処なく溢れ出てきた。私は絵美を抱き返し、彼女の肩に顔を埋《うず》めながら、声を出さずに暫く啜り泣いた。

涙が止んだ後にまた照れ臭くなった。顔を絵美の肩から離して、絞り出すように笑顔を作った。

「ごめんね、昼ご飯」

私が言うと、絵美はゆっくり首を横に振った。

「お疲れ様」と絵美は言った。私たちは互いを見つめ合いながら、また押し黙った。

沈黙が気まずくて、私は次の話題を探した。

「ルームメイト、どう？」

絵美は暫く沈吟《ちんぎん》した。

「新大久保、だよね？」

「うん」

「家賃は、どんくらい？」

「三万円。一か月」

それから絵美はまた暫く黙り込み、何か考え事をしているようだった。ややあって、やっと何か言いたげに顔を上げたが、その瞬間、急に私の顔に何か不自然なパーツでも見出したかのように、不思議な目付きで私をまっすぐ見つめた。彼女の動揺した表情から、見つめていたのは私ではなく、息を切らしながらいつからか私の背後に立っていた柳先生であることに気付くまで、数秒かかった。

到着ロビーに入るとキャリーケースを引き摺りながら大急ぎで蒲田駅へ向かう。チャットアプリに表示されている玉麗吐孜のメッセージの着信時刻から、既に一時間半も経っているのだ。

普段は滅多に運動しないから心肺機能が弱く、少し走ると息切れがする。電車に乗っている間もなかなか落ち着かず、何か新しいメッセージが届いていないかと、頻りにスマートフォンをチェックした。外国人が在留カードを携帯していないと、それだけで刑事罰の対象になるという法律があるのは知っていたが、実際に警察署に連行される事例は初めて聞いた。

一時間半くらいして蒲田駅に着くと、邪魔な荷物をコインロッカーに入れ、そのまま蒲田警察署まで走って行った。署の警察官に話を聞いて、玉麗吐孜がもう駅前の交番に送り返されたことを知り、また交番まで走って戻った。しかし交番の警察官に玉麗吐孜の行方を尋ねても、ただ無愛想に「もう帰した」と言うだけだった。

空は暗くなりかけていた。混濁した薄闇は、水を入れ過ぎて薄まった墨汁を連想させた。群がる雲は重たそうな鉛の塊のように、空に無理やり嵌め込まれているように見えた。

特に当てもなく捜し回り、暫くしてやっと駅構内で玉麗吐孜を見つけた。彼女は大学生らしき女の子と一緒にいた。先に私に気付いたのは、その長髪で小柄な女の子だった。

「妳没事吧《大丈夫》？」

激しく搏動《はくどう》する心臓を右手で押さえながら玉麗吐孜に漢語でそう訊くと、彼女は軽く頷いた。

「没事儿《大丈夫》。」

玉麗吐孜の姿を見て、直接彼女の声を聞いて、私は取り敢えず胸を撫で下ろした。息切れに耐えながら、鞄からティッシュを取り出して、いっぱい掻いた汗を拭いた。そして警察署で何があったか詳しく訊こうと思ったところ、女の子がじろじろ私を見つめていることに気付いた。

「こちらは？」

女の子は私を指差しながら、玉麗吐孜に訊いた。しかし玉麗吐孜はただぽかんとしているだけで、何も答えなかった。女の子の省略された日本語の意味を理解できていないのだ。

私は女の子を観察した。彼女の顔には、二人きりの時以外の玉麗吐孜のにとても似ている、強がりの色が浮かんでいた。他人に弱さを決して見せまいと思うような強がり。それなりに苦労した人が、苦労した記憶をまだ乗り越えられずにいるうちによく見せる種類の強がりだ。彼女は潤いを含んだ円《つぶ》らな瞳の持ち主で、その瞳の奥には何かの灯火が静かに燃えている。その両目に宿っている光を見ると、ここで退いてはいけない、と私は本能的に思った。

玉麗吐孜が何か言う前に、私は日本語で、昂りはしないがきっぱりとして、それでいて程よく冷たい口調で、

「彼女の恋人よ」

と言った。その言葉を聞くと、女の子の目に宿っている灯《あか》りが熾烈《しれつ》に燃え上がったように感じた。女の子の反応をよそに、私は玉麗吐孜の方を見た。女の子と私のやりとりを理解できていない玉麗吐孜はただ呆然《ぼうぜん》と黙っていた。女の子も玉麗吐孜に視線を向けた。まるで二人のうちどちらかを選んでほしいと訴えているような目付きだった。

玉麗吐孜は私と女の子を交互に見ながら、困惑した表情を浮かべた。それから髪の毛を掻き毟《むし》りながら、

「你不是回台湾吗《台湾に帰ったんじゃないの》？什么时候回日本的《いつ日本に戻ってきたの》？」

と訊いた。

「剛剛才到呢《今着いたところよ》。」と私は言った。

「刚刚才到啊《今着いたところか》？」

「嗯《うん》，我下飛機就趕過來了《飛行機を降りてからすぐここに来た》。」

「你看到我的信息了《メッセージは読んでくれたんだ》？」

「看到了才過來的《読んだからここに来たのよ》。」

「谢谢你来《来てくれてありがとう》。你应该很累了吧《結構疲れてるでしょ》？回去休息吧？」

今度は私が困惑する番だ。玉麗吐孜の「回去休息吧」という文で省略されている主語は誰なのだろうか。「我们《私たち》」なのか、それとも「你《あなた》」なのか。もし日本語に訳すなら、「帰って休もう」と訳すべきか、それとも「帰って休んで」と訳すべきか、俄《にわ》かには見当が付かなかった。

しかし、私と一緒に帰る意思が玉麗吐孜にはないということが、程なくして判明した。玉麗吐孜も、その女の子も、私が帰る、その場から離れるのを待ってい

るのだ——そう悟った瞬間、自分が必要とされない余剰物のように感じられて、少しばかり惨めな気持ちになった。

その惨めさを取り繕おうとするためか、プライドみたいなものを何とか保とうとするためか、ほぼ反射的に、私は微笑みを浮かべながらゆっくり頷いて、こう言った。

「那《じゃ》，我先走了《先に行くね》。」

そして踵を返して、二人の望む通りその場を離れた。玉麗吐孜が追いかけてきてくれるのを期待している自分に気付いたのは、コインロッカーから荷物を取り出し、改札を通ってホームへ向かう途中だった。

☆

柳先生の遠ざかる背中を見送りながら、妙な罪悪感にとらわれた。しかし今日一日あまりにも消耗したせいで、その罪悪感について深く考える余裕が私にはなかった。柳先生も疲れているだろうし、私も絵美とルームシェアのことについて話し合って、早く家に帰りたかったのだ。

気付けば絵美は何か意味深な表情で私を見つめていた。

「それでいいの？」と彼女が訊いた。

その日本語は聞き取れたが、意味は測りかねた。「それ」とは何を指しているのか、「いい」とはどういう意味か、分からなかったのだ。でも訊き返すのも億劫で、「いい」とだけ答えることにした。そして、「ルームメイトは、大丈夫？」と訊いた。

すると暫く間が空いた。ややあって、絵美はゆっくり首を横に振った。

「ごめん、やっぱヤメトク」

言葉の意味は分からないが、首を横に振る仕草ははっきりとした「いいえ」の表明だった。さっきまでの彼女の反応から考えても、こんなにきっぱり断られるとは思わなかったから、一瞬混乱した。しかし「どうして？」と訊いても、絵美はただ笑って、「ナントナク」と意味の分からない言葉を口にしただけだった。そして私の次の言葉を遮ろうとするかのように、「帰りは何線？」と訊いた。

京浜東北線、と答えると、私は京急線だから、向こうの駅に行くね、と彼女が言った。

手を振りながら、またね、と言い合った後、絵美は駅の外へ出ていった。改札へ向かう途中、そう言えばこんなふうに絵美の背中を見送るのはこれで何回目だろう、とそんなことを漫然と考えた。

家族との関係、学会での発表、玉麗吐孜との将来。自分を取り巻く物事が何か良い方向に変わり始めたようだと、そう思いかけていた。夜明け方の薄明かりのように、まだか細くて弱々しく、頼りない変化だけど、そこから暗転することはもはやないと。しかしそんな楽観がどこから来たものなのか、日常に戻ってからまたもやそれを見失い、日が経つにつれ楽観も次第に薄れていった。日常というものは大洋での曳航《えいこう》のように、どこを目指しているのかも分からず、時間に引っ張られるまま、だだっ広い海原を先へ進むしかない。それでもいつか陸地が見えてくると信じるしかない。

「どうぞ」

職員室で台湾のお土産として買った鳳梨酥《パイナップルケーキ》を配り回ると、

「あら、ありがとう。これ、大好きなお店なの。台湾に帰ったの？」

と松原さんは嬉しそうに言ってくれた。

「うん、実沢さんの結婚披露宴に出ました」

頷いてそう答えると、松原さんは残念そうに言った。

「日本でもやってくれたら、私も出たのにね」

「実沢さんに言ってみますね、日本でもやったら、って」

私は笑いながら言った。そして、「彼女は向こうでも結構頑張っているみたいですよ。生徒にも好かれてるようですし」と付け加えた。

「みんな、立派になったね」

松原さんの言い方が何だか母親っぽくて、少し微笑ましい気持ちになった。

松原さんはふと思い出したように、

「柳さんも頑張ってるじゃない。この間の学会、良かったよ」と言った。

急に褒められたせいで恥ずかしくなり、「次は査読論文を目指したいです」と口籠もりながら言った。松原さんは微笑みを浮かべて、「じゃ、もっと頑張らないとね。何かあったら相談に乗るよ」と言ってくれた。

学会の発表では予想通り、研究の意義について問われた。それに対して、玉麗吐孜や私自身の体験を踏まえ、日本で生活する上で発音が正しくないことによって不利益を蒙《こうむ》る実例を幾つか挙げ、発音の教育と練習の必要性を説いた。秋学期はより広く学習者の体験談を集めて考察を深め、論文として紀要に投稿することを目標としている。

秋学期に玉麗吐孜は私の授業を取っていない。以前なら一週間に何回も会っていたが、授業では会わなくなったこともあり、蒲田の件以来もう二週間も会っていない。玉麗吐孜から連絡は来なかったし、私もなんとなく意地を張ってこちらから連絡しないようにしていた。あの女の子と玉麗吐孜がどういう関係か結局のところ分からないのに、自分でも大人げないとは思っているものの、どうしても気が進まなかった。

☆

絵美が店を辞めたのは、蒲田の一件から三週間後のことだった。

そのことは聡から聞いたのだが、店長に確認したところ、事実だと分かった。

「他のアルバイトが忙しくなったってね」

店長に理由を訊くと、そう言われた。絵美が複数のアルバイトを掛け持ちしていたのは初めて知った。絵美からは聞いていなかった。あるいは絵美がどこかで言ったのに、私が聞き取れていなかったのかもしれない。

「あの子も、色々大変だからな」

店長は溜息を吐いてそう言った。

「どうしてですか？」

そう訊くと、店長は私を一瞥《いちべつ》してから、こう言った。

「家のジジョウトカデサ、クワシクは分かんないけど、一人暮らししてて、生活費も学費も自分でクメンしているらしいよ」

「クメン？」

「クメンは……ナントカスルってことだよ」

言葉の意味はやはり分からないが、店長の言いづらそうな表情を見ると、何か事情があって生活費も学費も自分で稼いでいるということだろうと推測した。だからアルバイトを掛け持ちしていたのだろうか。

いつか見た、疲れ切って事務所で寝ていた絵美の姿が脳裏に浮かんだ。学業の傍らにアルバイトを掛け持ちしていたから疲れていたのだと今更合点が行った。それでも何故このアルバイトを辞めたのか、やはり理解できない。掛け持ちが辛いというのが理由とは思えない。しかし私は深く考えないことにした。辞めることすら私に教えてくれなかったということは、理由を知ってほしくないということだったのだろう。

時間が経つにつれ、誰もいない家に帰ることには次第に慣れてきた。礼拝の時に声を出して経文を唱えてもよくなったという点は寧ろ有難かった。しかし現実的な問題は、これまでの二倍の家賃を負担しなければならないということにある。授業で知り合った他の中国人にも訊いてみたが、新しいルームメイトはやはり見つからなかった。柳先生とは三週間も連絡を取っていないから、相談するのも憚《はばか》られた。

アルバイトの時間を増やすのも、掛け持ちするのも現実的ではない。これ以上増やすと勉強する時間がなくなるし、そもそも留学生のアルバイトは週二十八時間という制限がある。間違ってもそれには違反したくない。警察沙汰はもう懲り懲りだ。

便りのないのは良い便り。そう思うことにした。

改めて調べると、在留カード携帯義務違反の罰則は二十万円以下の罰金だと分かった。もし本当に罰金を科されたら、玉麗吐孜は私に相談してくるはずだ。この日本では、私が玉麗吐孜の一番の相談相手。それくらいの自信はある。連絡がないのは、少なくともそういう事態には至っていないということだろう。

十月も中旬に入ると急に肌寒くなった。街に出るとどこもかしこも衆院選やら野党分裂やらで賑わい、テレビをつけるとくまのプーさんに似た顔の国家首脳がよく映った。企業から請け負った社内文書の翻訳案件に、「働き方改革」というどう訳せばいいか分からない言葉が頻繁に現れるようになった。奇妙だと思って背景を調べたら、大手企業の女性社員が過労自殺したことがきっかけだったらしい。人を死なせないことのどこがそんなに難しいのだろうかと、「構造的課題」「検証」「削減」「労使協定」「厳守」などやたらと硬い漢語が並ぶ仰々しい文書を読んでいて、とても不思議な気持ちになった。

十月下旬のある日にふと思い出して、T大学のホームページにアクセスしてみた。しかし合格者リストはT大学のキャンパス内にのみ掲示され、ネット上では公表されないらしい。少しがっかりした。

☆

何故柳先生に連絡しようとしないのか、自分でもよく分からない。

最初は申し訳なくて連絡できなかったのだと思う。私のために柳先生が飛行機を降りてすぐ蒲田まで駆けつけてくれたにもかかわらず、疲労困憊《こんぱい》していたとはいえ、「回去休息吧」なんて突き放すような言い方はあり得ないと後になって思った。

しかし時間が経つと、そんな理由も二次的なものに思えてきた。「連絡しなかった」こと自体が「連絡できない」ことの原因になりつつあった。時間が経てば経つほど気まずさが増幅し、ますます連絡しづらくなっていく。つまりは慣性のようなものかもしれない。あるいは無意識的に、これを機に同性愛者であることをやめたかったというのもあるかもしれない。煙草《たばこ》や酒と同じで、それは許されないことだと、まだどこかで思っているのかもしれない。

十一月に入ると半袖はもう着ていられなくなるが、寒さにかけては新疆とは比べ物にならない。新疆は寒さも暑さも極端だったのだ。

ある日の午後、「総合日本語3」が終わって教室を出ると、意外にも李倩がそこで待っていた。

「一起去车站吗？（一緒に駅までどうかしら？）」

彼女の後について階段を下り、ビルを出て、キャンパス外の坂道を上っていく。四月には咲き乱れていた坂道の両側の桜の樹も、今や木枯らしに踏み躙《にじ》られて冬枯れの様相を呈していた。枯れ枝が巨大な掌のように午後の寒空に向かって伸び、何かを懸命に探し求めているかのようだった。

「怎么了？（どうしたの？）」坂道を上りながら、私は訊いた。

「我决定要回国了。（私、帰国することにした）」と李倩が答えた。

授業が終わった大学生が群れを成して駅へ向かっていて、時折爆音のようなはしゃぎ声を上げていた。彼らとは何歳かしか違わないはずなのに、何故か距離がものすごく遠く、その中に交ざっているとあまりにも場違いのような気がした。

「就算继续待在日本，未来也不知道会怎样。（このまま日本に居続けても、将来どうなるかは分からない）」

私が理由を訊く前に、李倩が先に話した。「而且家人都在国内，迟早要回去的。（家族もみな国にいるし、どうせいつかは帰るから）」

「そもそもなんで日本に来ようと思ったの？」と私が訊いた。

「国内の雰囲気から逃げたかったの。上海人、漢民族、女、九〇後《ジョーリンホウ》(9)、そんな色んなカテゴリーに分類されるのが息苦しかった」

李倩は空を見上げながら、ふーと溜息を吐いた。「でも日本に来て気付いたの。結局まどこに逃げたって無駄だって。あるカテゴリーから逃げ出せたとしても、また別のカテゴリーに当て嵌められてしまう。何より、カテゴリーの中にいないと安心できない自分がいる」

私と李倩は暫く無言のまま歩いた。十字路で赤信号に立ち止まる。大型トラックがゴロゴロ言いながら目の前を通り過ぎた。午後の空は気怠《けだる》そうにゆっくりと夕方へ滑り込もうとしていた。

「いつ？　帰るの」と私が訊いた。周りの大学生が聞き取れないスピードの日本語ではしゃいでいるせいで、自分の声はほとんど聞こえなかった。

「早ければ、年内に」それでも李倩は聞き取ってくれた。

「張《ジャン》……彼は、どうするの？」

「別れたよ。一緒に住むと喧嘩ばかりするようになって」

李倩は自嘲めいた微笑みを浮かべた。「男とだったら、上手くいくと思ったのにね。多分、私は誰とも上手くいかないでしょうね」

「そんなことは、ない」

　私がそう言うと、李倩は首を軽く横に振った。「だといいな」

　そして私に向き直って訊いた。「你呢？你也不可能一直呆在日本，总有一天得回去的吧？」

　李倩の質問に、私は答えなかった。ずっと日本にいられるわけがなくて、いつかは帰るでしょ？　改めてそう訊かれると、「はい」以外に答えはないように思ったが、その答えはどうしても口にできなかった。

柳凝月先生
拝啓
　急にメールを差し上げる非礼をお許しください。小谷絵美と申します。

(9) 九〇年代生まれの人たちを指す言葉。

蒲田の一件で、もしご不快な思いをさせてしまっていたら、ごめんなさい。心からお詫《わ》び申し上げます。あれから柳先生とユルトゥズさんが会話している姿が何度も脳裏に浮かび、こびりついて離れません。どうしても柳先生にご説明しなければならないと思い、無礼を承知でメールをお送りさせていただきました。

既にご存じかもしれませんが、私とユルトゥズさんはコンビニのバイト仲間でした。大学の中のコンビニです。家の事情で、私は奨学金を借りて、アルバイトを二つ掛け持ちして自力で生活費を稼いでいます。しかしコンビニのバイトはもう辞めました。辞めてから、ユルトゥズさんとは会っていません。

実は、蒲田の件の少し前に、ルームメイトにならないかとユルトゥズさんから誘われました。メッセージを読んで、私はただただ嬉しかった。メッセージを見つめながらにやにやしているうちに、もう一つの、パン屋のアルバイトに遅れそうになりました。思えばコンビニでユルトゥズさんに初めて会った時から、私は彼女に好意を抱いていました。中国人にもムスリムにも会ったことがなかったから、それは単なる異文化に対する興味だと最初は思っていました――何しろ家庭の事情で、私はそれまで恋をする余裕なんてなかったから、それは初めての経験でした――が、すぐにそうではないと分かりました。ユルトゥズさんが何人《なにじん》でも、どんな宗教を信じても信じなくても、あるいは男でも女でも、私は同じ気持ちを抱いていたと思います。

しかし私はルームメイトになるのを躊躇《ためら》ってしまいました。あの時私はもっと待遇の良い仕事を見つけて、コンビニのアルバイトは辞めるつもりでいました。ルームメイトになれば、アルバイトを辞めても毎日ユルトゥズさんに会える――それは私にとって大きな誘惑でした。誘惑が大きい分、それに付随する恐怖も強かったのです。私は本当にユルトゥズさんのことを理解しているのか、ユルトゥズさんは私のことをどう思っているのか、一緒に住むようになっても し喧嘩するようなことがあったら私に耐えられるのか――考えれば考えるほど、私はユルトゥズさんについて何一つ知らないということに気付かされました。そして恐らく、ユルトゥズさんも私のことをよく知らなかったと思います。そんな状況で距離を縮めるのは、私にとってかなり勇気の要ることでした。

蒲田駅で柳先生がユルトゥズさんと話をされているのを見て、本当に羨ましかったです。私に理解できない言語でお二人はちゃんと分かり合っていましたね。その瞬間、中国語は十三億人の共通言語などではなく、まるでお二人だけの暗号のように、私には思えました。どんな話をされたか勿論私には分かりませんが、ユルトゥズさんが推測や疑問なしにきちんと誰かの言葉を理解し、しっかり会話を成立させるのを見るのは、それが初めてでした。私の場合、言葉がきちんとユルトゥズさんに伝わっているのかいないのか、いつも不安でした。ユルトゥズさんとの会話はノイズの激しい電話のように、どれだけ丁寧に伝えようとしても必ずこぼれてしまう言葉があります。しかも、どの言葉がこぼれたのか、あるいはこぼれていないのかも、検証する術はありませんでした。緊張するとつい早口になってしまいがちな自分にとって、それがいつも歯痒《はがゆ》くて仕方ありませんでした。

言葉を介さなくても人間は理解し合えるという人が、世の中にはいるでしょう。しかし私にはそんな自信はありません。過去の積み重ねで人間は成り立ち、言葉のやりとりで理解は生まれる。言葉が届かないということは、過去が伝わらないということでもあります。私はユルトゥズさんの過去を知りたいと思ったし、ユルトゥズさんにも自分の過去を知ってもらいたいと思いましたが、それが叶《かな》いそうになく、私は何度も無力感に包まれました。
　私は認めるしかありません。自分がユルトゥズさんのことをあまり理解していないし、ユルトゥズさんに自分のことを理解してもらえる自信もないということを。私より、柳先生の方がずっとユルトゥズさんと通じ合えるということを。だから――こんなことを申し上げる資格がないのは重々承知しておりますが、どうかユルトゥズさんの傍にいてあげてください。私のせいでお二人の仲が悪くなることだけは避けたいです。私はもうユルトゥズさんと言葉を交わすことはないでしょう。しかし柳先生はこれからもいっぱいいっぱい、ユルトゥズさんと言葉を交わしてあげてください。お願い致します。

敬具
小谷絵美
2017/11/7

追申
先生の名前とメールアドレスを知ったのは、W大学のシラバス検索システムと、日本語教育学会のホームページにアップロードされている発表者の写真、そしてグーグル先生のおかげでした。実は情報収集に関して些《いささ》か自信があり、新しいアルバイトも情報関連のものです。

☆

メールボックスを開けると、見慣れた角2サイズの茶封筒が窮屈そうに収まっていた。T大学の校章を目にした瞬間、鼓動が速まったのを感じた。冬に差し掛かるにつれ、大学院入試の結果も出揃《でそろ》いつつある。他の大学院は悉く落第し、第一志望のT大学が最後の一校なのだ。

一度深呼吸をし、家に入ってキッチンの電気を点け、バッグを椅子の背もたれに引っ掛けた。椅子に腰を下ろし、封筒を机に置き、そこに印刷されている校章を暫く見つめた。自分が日本に残っていいかどうか、日本に残る理由、日本に残る意味、全てがこの封筒の中の書類にかかっている。そう思うと軽い気持ちで開けることができなかった。

やっと決意して封筒を裏返し、震える手で開封しようとしたが、糊付《のりづ》けがなかなか手強《てごわ》くて上手くいかなかった。強引に開けようと思えば開けられなくもないが、それはやってはいけないことのような気がした。部屋から鋏《はさみ》を持ってきて、中身を損ねないように注意深く封を切った。開封の仕方で中身が変わるとでも思っているのか、と自分の慎重さを可笑しく思いながら、中に入っている白い紙を取り出した。びっしり書き込まれている日本語の文章を詳しく読み解くまでもなく、肝心な情報を含む漢字が真っ先に目に飛び込んだ。不合格《ブーハーガー》という、三文字の漢字だった。

メールを二回読んでから、軽く溜息を吐いて、パソコンの前から立ち上がった。キッチンに入り、アルミの雪平鍋でお湯を沸かし、スーパーで購入した洗わなくてもいい野菜ミックスの袋を開けて中身を茹《ゆ》でた。冷蔵庫に保存したご飯を取り出し、電子レンジに入れてタイマーを設定した。

再びパソコンの前に戻り、もう一度メールに目を通す。そしてスマートフォンを手に取り、玉麗吐孜とのチャット履歴を暫く見つめる。履歴は蒲田駅の日で止まっていて、それからもう一か月半が経っている。ここでボタン一つ押せば、呼び出し音は私と玉麗吐孜を繋いでくれるだろう。そう思いながら画面を見つめたが、しかし思いに反して指はなかなか動いてくれなかった。

ピー、ピー、ピー、と加熱が終了したことを知らせる機械音が聞こえてきた。自分の頑固っぷりはひょっとしたら父親譲りかもしれない、と苦笑しながらスマートフォンを手放し、キッチンに入って温まったご飯を電子レンジから取り出した。

☆

「ユルトゥズ、今すぐ帰ってきなさい！」

夜十一時に突如スマートフォンが鳴り出した。画面を覗き込むと、兄《アカ》のアカウントから電話がかかってきていた。しかし電話に出ると、それまで聞いたことのないヒステリックな声で母《アナ》はそう怒鳴った。

さっぱり訳が分からず、私は宥めようとした。

「落ち着いて。今すぐって言われても、無理でしょ？」

しかし母は譲ろうとしなかった。

「じゃ来週帰ってきなさい！　今すぐ飛行機を予約しなさい！」

母の声が今にも嗚咽に変わりそうだということに、やっと気付いた。

急に帰ってこいと言われても、航空券はそんなすぐ取れるものでもないし、中国に帰ってしまったらもう日本には戻ってこられないだろう。母だってそれをよく分かっているから、普通なら帰ってこいなんて言わないはずだ。しかし、母の声から尋常でない気配を感じ取り、私は思わず固唾《かたず》を呑《の》んだ。様々な不吉な想像が脳裏を駆け巡った。

近頃中国当局のウイグル弾圧がより一層激化し、海外にいるウイグル人も国内の家族を人質に取られて帰国を強要されていると聞く。私と連絡を取っているせいで誰かが捕まったのか、収容所に入れられたのか、あるいはもっと深刻なことになっているのか——そう思い当たった瞬間、私は自分の留学を心底後悔した。

両親はどちらかというと党の政策に従順な方で、主義や思想とも縁のない農業を営んでいる。私にも漢民族の教育を受けさせてきた。どう考えても「極端分子」として目をつけられることはないだろうと、そう高を括《くく》っていた。しかし結局のところ、国家権力と比べれば個人はあまりにもちっぽけな存在で、いとも簡単に潰されてしまう。なんで日本なんかに来てしまったんだろう。夢なんて追わず、宗教や性的指向なんかにも固執せず、家族と一緒に新疆の田舎で農業を営みながら、平穏に暮らして生を全うすればよかったのにと思った。自分の命なんて大したものではないけれど、家族の命をかけてまで追い求めたいものは何一つないのだと、やっと気付いた。

何を話せばいいか分からず途方に暮れていると、「ユルトゥズ？」と電話が兄に代わった。兄の声は母ほど取り乱しておらず、低く落ち着いている。それを聞くと少しだけ安心感を覚えた。

「母さんはどうしたの？」と私が訊いた。

「父さんが入院したから心配してるんだ。分かってやってくれ」と兄が言った。

背中に悪寒が走り、私はまた言葉を失った。お腹が縮み上がり、胸が張り裂けそうになった。「入院」はつまり「収容」の隠語なのだ。盗聴されている電話では家族が収容されたとは言えず、代わりに「入院」と言うのだと聞いたことがある。

暫く無音が続くと私の沈黙から考えていることを察したのか、兄は、

「違う、そうじゃない」

と言った。さっきより口調が幾分優しく聞こえた。「畑仕事の最中に転んで、頭を打ったんだ。二時間前に搬送された。命に別状はないが、まだ意識が戻らない」

それを聞いても、私はやはり何を言えばいいか分からなかった。こんな嘘《うそ》を吐く意味はないから、兄が言っていることは本当なのだろう。想定されうる最悪の事態ではないという安心とともに、子供の頃、父《アタ》に連れられてバザールに行った時の情景が脳裏に浮かんだ。あの時私は小さかった。父の背丈が空を支えているように見えるほど、小さかった。

沈黙した私を気遣ってか、兄は続けて言った。

「まあ、そのうち意識が戻るだろうと先生が言ってたよ。眠っているようなもんだってさ。そっちもそっちで大変だろうし、あまり気にしないでくれ」

放心状態のまま、私は軽く頷いた。そして頷いたところで電話の向こうにいる兄に見えるわけではないことを思い出し、「分かった」と慌てて言った。

「なんかあったらまた連絡するから、そっちからは連絡しなくていい」

と兄は言った。声が急に低く厳しくなり、警告しているようだった。私は思わず息を呑んだ。「それと、帰国は……分かってるな?」

「連絡、待ってる」私はそれだけ言った。

電話を切った後、手が震えていることに気付いた。ベッドから立ち上がろうとした時、足に力が入らず危うく転ぶところだった。私は一回深呼吸することにした。部屋中に充満していたひんやりとした空気をたっぷり肺に取り込むと、やっと少し落ち着きを取り戻した。夜の礼拝《フブタン》の時間はとっくに過ぎたが、礼拝の回数は多い分には問題がない。メッカの方角に向かって、私は右腕を上にして両腕を胸の前に重ね、経文を唱え始めた。

「呪うべき悪魔に対し、アッラーのお守りを祈り奉る《アウーズ・ビッラーヒ・ミナッ・シャイターニル・ラジーム》」

☾

何だか臭いなと思って周りを見回したら、自分が黄金の葉っぱを踏みつけていることに気付いた。

歩を進める度に、パチッ、パチッと、薪を燃やす時に小さな火花が弾《はじ》け飛ぶような音がして、それがなんとなく心地よかった。つい興が乗って、わざと歩幅を狭くしてゆっくり歩くことにした。

晩秋の空は高く、冬を予感させるような冷ややかな青を呈していて、綿雲に半分隠れる太陽が放つ白い陽射しもひんやりとしていた。授業の合間の休憩時間のキャンパス内は次の教室へ移動する生徒で溢れていて、目的地のはっきりした彼らの足取りは寸分の躊躇いもないように見えた。どこかのビルから出てきて、少しばかり日の光を浴びながらビルの落とした影を幾つか横切り、またどこかのビルに入っていく。常磐色《ときわいろ》の学生掲示板には、野球の試合と、政権に対する抗議集会と、落語の寄席のポスターが貼り出されていた。

銀杏の葉っぱを踏みつけているうちに、ふと玉麗吐孜との会話が頭に浮かんだ。明《みん》代後期の文学者の誰かが書いた「此雨為西湖洗紅」という文を、玉麗吐孜はかなり気に入っているらしかった。「『洗紅《シーホン》』って表現、綺麗だと思わない？」と玉麗吐孜が言っていた。

「桃の花が『洗紅《シーホン》』なら、桜の花は粉紅《ピンク》のものもあれば白のものもあるから、『洗白《シーバイ》』『洗粉《シーフェン》』と言うのかな」私は冗談で言った。

「『洗粉《粉を洗う》』ってメイクを落としてるみたい」玉麗吐孜が言った。

「じゃ銀杏なら『洗黄《シーホアン》』かな」

「なんか『扫黄《ポルノ掃蕩》』みたいな語感で嫌だな」

「『ポルノ掃蕩』の動詞が『洗』ではなく『掃』で良かったね」と私が言った。

あの小谷という女の子は、玉麗吐孜とスムーズに会話できなくていつも歯痒く感じると書いていた。玉麗吐孜と滞りなく意思疎通できる私が羨ましい、と。そう言われると、まるで玉麗吐孜の日本語力の不完全さから自分が得をしているような気がして、少しばかりずるいと思った。しかし私だって、玉麗吐孜の日本語が早く上達してほしいと願っているし、できる限りの手伝いもした。でもそれは玉麗吐孜のためというより、ずっと一緒に日本で暮らしてほしいという私自身の願望がそもそもの動機だったのかもしれない。

いつの間にか玉麗吐孜がアルバイトしているコンビニの前に着いた。私は店へ入ることにした。

授業がもう始まったためか、店内は割と落ち着いていた。女性店員が飲み物の棚を整理している。店長と思しき、三十代半ばに見える男性が棚をチェックしながら手に持っている何かの端末を操作していた。レジの中には大学生くらいの短髪の男がいて、揚げたてのものらしいフライドチキンをフードショーケースの中に並べていた。私がペットボトルを手にしてレジにいくと、「いらっしゃいませ」と男は爽やかな声で挨拶した。制服の胸ポケットに挟んである名札には「かしわぎ」と書いてあった。

「ユルトゥズさんは、今日は来ていないんですか？」

かしわぎさんがバーコードをスキャンしたり商品をレジ袋に入れたりしているのを見ながら、私は訊いてみた。すると彼は、

「ユルトゥズさんですか？　今日はシフトに入っていないですね。知り合いの方ですか？」

と、爽やかではあるがどこか職業的に感じられる笑顔で訊いた。玉麗吐孜もこんな笑顔で接客していたのだろうか。

彼の質問に答えず、

「小谷さんも来ていないんですね？」

と私は続けて訊いた。

「小谷さんは、もう店を辞めたんですよ。一か月くらい前かな」

「ありがとうございます」

知っていることを何故わざわざ訊くのか、訊いて一体どうするのか、自分でもよく分からなかった。かしわぎさんに礼を言い、商品の入ったレジ袋を受け取り、店の外に出た。かしわぎというのは名字だろうね。外の寒気に触れた時にふと思

った。漢字で書くと、柏木、だろうか。そう言えば、玉麗吐孜の名字は何だっけ？　そもそも名字というものがあったっけ？　出席簿の氏名欄には「玉麗吐孜」以外の漢字も記載されていた気がするが、その漢字の連なりは私にとって意味を成さないものだったので、記憶には残らなかった。

肺の中身を絞り出すように、私は長い溜息を吐いた。あの小谷という女の子がこう書いた。考えれば考えるほど玉麗吐孜について何一つ知らないことに気付かされた、と。私の方が玉麗吐孜と通じ合えるのだ、と。言語のことだけ考えれば、あるいはそうかもしれない。しかし私は本当に玉麗吐孜のことをよく分かっているのだろうか。彼女を育んだもの、彼女の信仰、彼女の置かれている境遇――分かっているつもりだけで本当は分かっていないのではないだろうか。しかし、一人の人間について、一体どこまで分かれば、「分かっている」と言えるのかと、そんなことを考え出すとますます分からなくなってしまった。

☆

もし惑星が消滅したら、惑星の周りを公転する衛星はどうなるのだろうか。軌道を失い、宇宙の片隅を永遠に彷徨い続けるのだろうか。

気付けば軌道というものを見失ったような気がする。大学院受験も上手くいかなかった。柳先生とももう会っていない。自分は何のために日本に居残り、何のために大学に通い続け、何のために日本語を勉強しているのか分からなくなった。自分が日本にいる間に父にもしものことがあったら——そんな考えが頭に浮かぶ度、胸が締め付けられるように苦しかった。

父の容態が気になっても、無闇に連絡を取るのは危険だ。結局、私にできるのはしっかりお祈りをすることだけだった。私は一日にちゃんと五回礼拝することにした。早朝にバムダード、正午過ぎにビシン、午後にディゲル、日が沈んだ後にシャム、夜にフプタン。授業中でもバイト中でも、礼拝の時間になったらこっそり抜け出し、空き教室かトイレの個室に入って礼拝をした。自分自身を完全に預けてもいいような安らぎを覚えるのは、礼拝している時だけだった。

十二月の最初の土曜、授業もバイトもないので、気紛れで上野へ散歩に出た。特に当てもなく漫ろ歩きしていると、広い蓮池《はすいけ》に着いた。冬の蓮池には傘のような蓮の葉も、極楽浄土に咲いていそうな蓮の花もなかった。ただ無数の枯れた茎が水面から伸び出て昂然と直立していた。夕方の傾いた陽射しを受け、枯れ蓮の群れは黄金色に輝き、さながら麦畑のような光景だった。池の近くの立て札から、池の名前は「不忍池《ブーレンチー》」だと分かり、その横のアルファベット表記から「不忍池」は「しのばずのいけ」と読むと分かった。なんで「ふにんち」とか「ふにんいけ」とかではなく、「しのばずのいけ」なのかは分からない。

新疆では蓮を見たことがなかった。中学や高校では、蓮は夏の植物で、蓮の花は仏教では極楽浄土、中華文化では君子の象徴である、などと習ったし、「荷尽《ヘージン》已无擎雨盖《イーウーチンユーガイ》（蓮の花は枯れ、傘のように雨を受けていた葉も今はもうない）」など蓮を詠み込んだ詩歌も少なからず覚えたが、日本に来るまでは一度も蓮を見たことがなかった。夕陽の照らす中で枯れ蓮が黄金色から胡桃色《くるみいろ》、更に赤銅色に変わっていく様に、私は見入ってしまった。池の畔には柳が植わっており、その枝は蓮の枯れ茎に触れようとしているかのように池へ垂れていた。近くには銀杏の並木もあり、風が吹くと黄金色の葉っぱがひらひらと宙を舞った。

兄から電話がかかってきたのは、濃い藍色をした夜のカーテンが空から下りかかり、遠方のビル群がまだ炎のような色に包まれている頃だった。兄の声が電話越しに聞こえてきた瞬間、月と太陽が同時に空に出ていることに気付いた。

スマートフォンをバッグにしまった時、炎は既に掻き消されていて、ビル群の明かりが薄闇に浮かび上がっていた。風が一層強くなり、吹き抜けると柳の枝葉がゆらゆら揺れた。風の冷たさに思わず身震いし、それと同時に鼻の奥がじんと痛むのを感じた。空を見上げると、少しも欠けるところのない巨大な銀色の満月が、全てを見透かしているように中天に懸かっていた。

その月を一頻り見つめ、私は再びスマートフォンをバッグから取り出した。

「意識が戻ってよかった」

W大学の大講堂の石段に、私は玉麗吐孜と並んで座っていた。平日の夜なら酒を飲みながら盛り上がる大学生の群れがいそうなものだが、土曜の夜は時たま通りかかる通行人以外ほとんど人影がない。大学の正門は既に閉まっていて、キャンパスは闇と静けさに沈んでいた。門の横にある「就職活動ガイダンス」の立て看板に、禿げかけた檜《ひのき》の樹影が微かに揺らめく。

玉麗吐孜は軽く頷いてから、暫く黙った。そして、「ごめんね、ずっと連絡してなくて」と小さな声で言った。俯き気味に三十センチ先の地面を見つめるその横顔はこそばゆくて愛おしかった。

私は首を横に振った。二か月ぶりに見る玉麗吐孜は前と変わらずラフな格好をしているが、流石《さすが》に冬はシャツとジーンズだけでは寒いのか、襟にファーのついた草色のモッズコートも身に纏っている。

「吾守爾《ウーショーアー》って、どういう意味？」と私は訊いた。春学期「総合日本語2」の出席簿を調べたら、玉麗吐孜のフルネームは「玉麗吐孜・吾守爾」となっていた。

「イスラム暦の一月って意味」と玉麗吐孜が答えた。

「それって、名字？」

「ううん、父の名前」

玉麗吐孜は俯いたまま言った。「ウイグル族には漢族みたいな名字がない。子供の名前の後に父親の名前をつけるのが普通なんだ」

つまり、私は父も祖父も、更にうんと上の世代もみな名字が「柳」なのだが、玉麗吐孜の「吾守爾」は父親までということか。

「吾守爾って、『私があなたを守る』って意味だと思ってた。何だか心強い名字だなと思ったのに、違ったのね」

玉麗吐孜はきょとんとした顔で私を見つめたが、暫くしてやっと意味を理解したようで、くすりと笑った。

「いや、ウイグル語だから、漢字で解釈しないでよ」

道化を演じた甲斐があって、やっと笑みを浮かべた玉麗吐孜を見て、私は内心ほっとした。

「これからは、どうするの？」

私が訊くと、玉麗吐孜はまた黙り込んだ。

父親の容態が好転したから、急いで新疆へ帰る必要はなくなった。大学院受験は失敗したが、W大学の在籍期間を延長すればビザも更新できるから、日本には居続けられる。あとは玉麗吐孜の選択次第だ。

「まだ、分からない」

玉麗吐孜は低く、呟くように言ってから空を見上げた。釣られて私も空を見上げた。それではじめて、今日は満月だと気付いた。こうしてゆっくりと銀色の月を眺めるのは久しぶりな気がした。いつだったか、私のことを三日月みたいだと玉麗吐孜が言っていた。見ていると何だか寂しくなる、と。しかし今夜の月のように満ち足りている人間の方が、寧ろずっと少ないはずだろう。

日本に残る、と二つ返事で玉麗吐孜は答えてくれなかった。そのことがとても寂しかった。まだ分からない、とは言っても、彼女の口調は私に別れを予感させた。しかし、私には彼女の背負っているものを代わりに背負ってあげることもできないし、日本での生活基盤を築いてあげることもできない。新疆の状況だって、ついさっき彼女から聞くまでは全く知らなかった。彼女から聞いた後ネットで検索をかけてみたが、関連する報道はほとんど見当たらなかった。そんな私には、「日本に残ってほしい」なんて無責任なことは到底言えない。玉麗吐孜の選択を全て受け入れるほかない。

「まあ、急いで決める必要はない。時間をかけてゆっくり考えればいいよ」

寂しさを誤魔化し、達観を装う口調で言いながら、私はゆっくり階段を下り、地面に横になった。レンガブロックの冷たさが背中から沁みた。玉麗吐孜も私に倣って、地面に身を横たえた。私たちはそのまま無言で、柔らかな月と満天の星を暫く眺めた。木々の戦ぐ微かな音以外、万物が深い眠りに沈んだかのように周りは静かだった。たまに遠くから涼しげな自転車のベルの音がはっきり聞こえてくるが、それが消えた後にはまたすぐさましんと静まり返った。

大きな明るい満月と、小さな無数の星。そんな夜空を見ていると、月こそが主役で、それを取り囲むように散らばる星々は主役を引き立てる脇役に過ぎないといった錯覚に陥る。しかし実際には、肉眼では暗く見えていても、星々は常に自力で光を放っている。月よりも何万倍、何百万倍ものエネルギーを秘めている。一番明るく見える月は自分では光らず、他人の輝きを借りているに過ぎない。ただ、私たちに見える星の光は、とっくの昔に滅んでしまった星が残した輝きなのかもしれない。

「这就是《これが》，ホシツキヨル，对吧《でしょ》？」

思索に耽る私とは関係なしに、玉麗吐孜は脈絡もなく呟いた。「ホシツキヨル」のところだけ、日本語で言った。

訳が分からずに玉麗吐孜を呆然と見つめたが、ややあって、ようやく彼女の言わんとすることを理解し、思わずくすっと笑ってしまった。

「ホシツキヨル、ではなく、『星月夜《ほしづきよ》』よ。授業でも教えたでしょ、連濁、覚えてる？」

私は説明した。「『星《ほし》』に『月夜《つきよ》』をくっつけると、『つきよ』の『つ』が『づ』になるの。あと、『月夜《ユエーイエー》』は『つきよる』ではなく『つきよ』と読むのよ、古い読み方だね。『星月夜《ほしづきよ》』は星も月もある夜、という意味ではなく、星が月のように明るい夜、という意味よ。つまり『星月夜《ほしづきよ》』には、月がないの。今日みたいな夜は違うのよ」

分かったのか分からなかったのか、玉麗吐孜は暫く考え込むような表情を浮かべた。

「でも、ゴッホの『星月夜』って絵には、ちゃんと月があったよ」と玉麗吐孜が言った。

「え？　うそ」

慌ててスマートフォンを取り出して検索をかけてみた。本当だった。

全く、だったらなんで「星月夜」なんて訳したんだろう。私は心の中で呟いた。これなら連濁させて「星月夜《ほしづきよ》」とはせずに、「星月夜《ほしつきよる》」と読んだ方がまだ正しいのかもしれない。「山川《やまがわ》」は「山の中の川」という意味だが、「山川《やまかわ》」は「山と川」という意味になる、みたいに。「星月夜《ほしつきよる》」。本能的に直そうと思ってしまう日本語だが、しかし今日みたいな夜をなんて表現したらいいのか、私には分からない。「星月夜《ほしつきよる》」。そんな言葉があれば、ぴったりなのにね。

「じゃ、やっぱり『星月夜《ほしつきよる》』でいいや、今日みたいな夜は」

私は微笑みながら玉麗吐孜にそう言った。明日には消えたり欠けたりするかもしれないが、少なくとも今この瞬間、星も、月も、ここにはある。それを表す言葉がないのなら、確かに、作ればいいのだ。
私と玉麗吐孜はそのまま黙り込み、暫く、星月夜《ほしつきよる》を見上げていた。

解説

中島京子

『星月夜《ほしつきよる》』は、二人の外国籍の女性が、交互に一人称で語るというスタイルの小説だ。

二人とももう二十歳は過ぎているけれど、若い女性といっていいだろう。一人は台湾人で、名前に「月」を持つ日本語教師の柳 凝月《りゅうぎょうげつ》、もう一人は新疆《しんきょう》ウイグル自治区出身で、日本の大学院を目指している玉麗吐孜《ユーリートゥーズー》。玉麗吐孜はウイグル語で「星」を意味する言葉「ユルトゥズ」の漢語表記だ。二人は中国語で会話している。凝月は玉麗吐孜の日本語の先生でもあるから、二人とも、日本語も使う。でも、凝月はウイグル語を知らないし、玉麗吐孜の日本語はまだあまり上手ではない。二人は恋人同士だが、凝月の玉麗吐孜へのはっきりした気持ちに比べて、玉麗吐孜の思いは少し曖昧で控えめだ。

恋愛小説であり、言葉に関する小説でもある。「星《ユルトゥズ》」は星《ほし》、月《アイ》は月《つき》。汉语《ハンユー》は中《ちゅう》国語《ごくご》。『漢語《かんご》』では通じない。日本では漢族の言葉がそのまま中国の言葉になる」。これは、玉麗吐孜の小さな違和感を吐露する文章だが、中国が多民族国家でそれぞれの民族が異なる言語や文化を擁し、また地方ごとに多彩な言語（方言）を持つことも、日本ではあまり意識されることがない。新疆出身の玉麗吐孜にとって「漢語」は、「漢化」の一つの形であり、必要があって受け入れた言語でもある。

凝月や玉麗吐孜にとって、それでは日本語はどういう意味があるのだろう。少なくとも、それは誰かに押しつけられた言葉というわけではない。両親には不快な「かつての植民者の言葉」であっても、大好きなアニメで日本語に目覚めた凝月にとっては、親の支配や窮屈な干渉から逃れでるための手段であり、自立して生きる「自由」を得るための武器である。職業柄か、性格ゆえか、日本語によって「自由」を手にしたという自負のためも大きいだろう、凝月の日本語への思い入れはかなり強い。そして、冒頭に置かれる「本がカバンにはいりません／はいれません」のエピソードでも提示されるように、ネイティブスピーカーはほとんど気づかないことにもきちんと法則を見出《みいだ》し、文法も語法も発音も完璧を目指す執念のようなものすら感じさせる。

玉麗吐孜が大学院受験のための志望理由書を書くシーンがある。たしかに拙くはある日本語だが、それなりに思いのこもった志望動機を、凝月は厳しく添削し、項垂《うなだ》れながら書き直しをする玉麗吐孜を見ながら考える。「(語学習得が) どんなに長い道のりだとしても」「終点に近付けば、この日本で見える風景も今よりずっと近しいものになってくるはずだ」と。これは彼女の実感であり、信念でもあるだろう。

凝月の学会発表のテーマは「21世紀の日本語教育における音声指導の在り方について」なのだ。凝月の発音は同僚からも「綺麗《きれい》」「こだわりがある」と言われている。凝月自身の言葉を借りれば「あまり人気がない」研究だ。「発音が正しくなくても、意味が分かればいいのではないか」と、批判する人もいる。しかし、凝月は「日本社会で非母語話者が置かれている状況、発音が訛《なま》っていると馬鹿にされかねない現実を彼らはあまり理解していない」と憤る。それは、そうなのに違いない。ことに、凝月や玉麗吐孜のように外見からは「非母語話者」とは見取られにくいアジア系の人たちは、日本語が上達すればするほど、不利益を被る場面は減るだろう。ただ、「非母語話者」の「不利益」を解消する努力は、「非母語話者」にのみ求められるべきではないはずだと、わたしのような「母語話者」読者はつい、自責の念にかられる。

彼女たちの日本語力や、日本語が彼女たちにどう見えているかは、ルビに表される。たとえば、玉麗吐孜が読む入試情報は、「大学院入試《だいがくいんルーシー》」で、「修士課程《ショーシーカーチエン》外《がい》国人留学生《こくじんりゅうがくせい》」の項目、「本学の《ベンシュエの》授業は《じゅぎょうわ》、ほとんど日本語で行われる《ほとんどにほんごでいわれる》」。わかるところは日本語、わからないところは漢字の中国語読み、わかっているつもりでも間違った日本語が、玉麗吐孜の頭にひしめいていることがわかる。一方、凝月の日本語はすごい。こちらは翻訳作業をしている場面で、中国語訳の脇に日本語の原文がルビのように置かれるのだが、凝月は完璧に日本語を理解していることが窺《うかが》える。

日本語の不確かな玉麗吐孜の困難が頂点に達するのは、うっかり携帯電話を家に置き忘れて出かけた日のエピソードだ。携帯電話と一緒に在留カードを忘れてしまった彼女は、道を聞きに立ち寄った交番で職務質問を受け、在留カードの不携帯を理由に警察署に連行されてしまうのだ。在留カードは家にあると何度言っても、警察官は「ルールです」としか言わない。警察署では徹底的に身体検査をされ、一時間もの尋問を受け、ようやく新大久保の家まで行って在留カードを確認したにもかかわらず、もう一度警察署に連れて行かれて、指紋と唾液の採取までされるのである。玉麗吐孜はこの間、言葉がわからないという非常に不利な状況に置かれる。そして、唾液の採取、DNA採取を強要されるに至って「自分はただ不当に犯人のように扱われているというわけではなく、本当に犯人になってしまっているのかもしれない」という、背筋の凍るような可能性に思い当たるのだ。もちろん、日本語に精通した凝月なら、こうした事態をどこかもっと早い段階で回避できたかもしれない。しかし、やはり、これは語学力の話ではない。日本社会に、ことに警察や入管のような国の機関に根強く存在する外国人嫌悪、外国人は嘘《うそ》をつく、外国人は犯罪者予備軍といった、凄《すさ》まじい偏見が形をとってあらわれたに過ぎない。なにを言っても「ルールです」としか言わない警察官がほんとうに不気味で不快だが、このエピソードはただの想像によるフィクションではないだろう。日本で外国人の生きる環境を注意して見ていれば、似たような事例は残念ながらいくつも存在することに気づく。

玉麗吐孜の過去に、もう一つ、ひとりで北京を旅したときの体験がある。新疆出身の玉麗吐孜は、その出自のために複数のホテルで宿泊拒否を受け、ようやく泊めてもらえた小さなビジネスホテルには公安に踏み込まれ、乱暴な尋問と荷物検査に晒《さら》されるのだ。

玉麗吐孜はいくつも、マイノリティゆえの不自由さを背負っている。彼女はレズビアンでもあるが、それもムスリムである彼女にはときに重くのしかかる。凝月にとって日本で生きることは自ら選んで獲得した「自由」の一つの形だけれども、玉麗吐孜にはまた別の事情がある。母国ではウイグルへの迫害があり、彼女は帰りたいと思っても帰れない。そして彼女が日本で暮らしていること自体が、新疆に残る家族に危険をもたらす可能性すらある。玉麗吐孜が「自由って何？」と問うとき、それに答える言葉を見つけるのは難しい。

こんなふうに書いていると、玉麗吐孜に比べて凝月は自由度が高く、生きやすいように感じられるかもしれない。実際、そうした面はあるだろう。台湾は日本よりずっと、性的マイノリティに対する理解が進んでいるし、同性婚だって可能だ。でも、彼女が日本を選んだのは、制度があろうがなかろうが、親や親戚がそれを理解するとは限らないからだ。性的指向だけではなく、職業の選択や生き方すべてにおいて、凝月はいくつもの軛《くびき》を断ち切って日本にやってきた。そして、自分の居心地のいい場所を作るために、たいへんな努力を払っている。彼女にとってさえ、けっしていいことばかりではないだろうこの地で、玉麗吐孜と生きる未来を夢見るシーンは、読むものを切なくさせる。

最後の場面は、凝月と玉麗吐孜が見上げる、月の輝く星空だ。

あんなに、正しい日本語にこだわりのある凝月先生が、ふっと肩の力を抜き、玉麗吐孜の拙い日本語を受け入れる。なぜなら、二人が見上げていた空を表すぴったりの言葉が日本語にないからだ。

言葉というのはつくづく不思議なものだと思う。為政者はしばしば征服した相手から言葉を奪い、自らの言語を押しつける。多くの人のコミュニケーションを可能にするために標準語的なものも作られる。でも、言葉の本質は、するりとその規制や法則からはみ出してしまう。言葉は、それを使う人によって、新たな意味や音を付与されていく。

いつだったか、「新宿区の新成人は半数が外国籍」という記事が新聞やネットをにぎわせたことがあった。調べてみると、東京二十三区全体でも、八人に一人の新成人が外国籍なのだと、二〇一九年のNHKのニュースサイトが教えてくれた。成人年齢は二〇二二年から十八歳に引き下げられたので、少し比率も変わっているような気がするけれども、とにかく東京の若者には外国籍の人が多いようだ。多くは技能実習生や留学生であるらしい。新宿区だけで約千八百人。東京都全体で約一万一千人。この小説を読みながら、「星の数ほど」という慣用句を思い浮かべた。

実際のところ、東京上空の星々の多くは、地上の光やスモッグによって、かき消され、目に見えない。しかし、本来は一つひとつ美しく個性的な、ありうべき星たちの姿を、『星月夜』は鮮やかに切りとって光らせ、忘れ難い存在として読者の胸に刻み込む。

（なかじま・きょうこ　小説家）

本書は、二〇二〇年七月、集英社より刊行されました。

初出　「すばる」二〇一九年十二月号

集英社文庫　目録（日本文学）

吉沢久子　老いをたのしんで生きる方法
吉沢久子　老いのさわやかひとり暮らし
吉沢久子　花の家事ごよみ　四季を楽しむ暮らし方
吉沢久子　老いの達人幸せ歳時記
吉沢久子　吉沢久子100歳のおいしい台所
吉田修一　初恋温泉
吉田修一　あの空の下で
吉田修一　空の冒険
吉田修一　作家と一日
吉田修一　泣きたくなるような青空
吉田修一　最後に手にしたいもの
吉田修一　ぼくたちがコロナを知らなかったころ
吉永小百合　夢の続き
吉村達也　やさしく殺して
吉村達也　別れてください
吉村達也　セカンド・ワイフ

吉村達也　禁じられた遊び
吉村達也　私の遠藤くん
吉村達也　家族会議
吉村達也　可愛いベイビー
吉村達也　危険なふたり
吉村達也　ディープ・ブルー
吉村達也　生きてるうちに、さよならを
吉村達也　鬼の棲む家
吉村達也　怪物が覗く窓
吉村達也　悪魔が囁く教会
吉村達也　卑弥呼の赤い罠
吉村達也　飛鳥の怨霊の首
吉村達也　陰陽師暗殺
吉村達也　十三匹の蟹
吉村達也　それは経費で落とそう
吉村達也　[会社を休みましょう]殺人事件

吉村達也　OL捜査網
吉村達也　悪魔の手紙　ヨコハマOL探偵団
吉村龍一　旅のおわりは
吉村龍一　真夏のバディ
よしもとばなな　鳥たち
吉行あぐり・吉行和子　あぐり白寿の旅
吉行淳之介　子供の領分
與那覇潤　日本人はなぜ存在するか
米澤穂信　追想五断章
米澤穂信　本と鍵の季節
米原万里　オリガ・モリソヴナの反語法
米山公啓　医者の上にも3年
米山公啓　命の値段が決まる時
李琴峰　星《ほし》月《つき》夜《よる》
リービ英雄　模範郷
隆慶一郎　一夢庵風流記

集英社文庫　目録（日本文学）

隆慶一郎　かぶいて候
連城三紀彦　美女
連城三紀彦　隠れ菊（上）（下）
わかぎゑふ　秘密の花園
わかぎゑふ　ばかちらし
わかぎゑふ　大阪の神々
わかぎゑふ　花咲くばか娘
わかぎゑふ　大阪弁の秘密
わかぎゑふ　大阪人の掟
わかぎゑふ　大阪人、地球に迷う
わかぎゑふ　正しい大阪人の作り方
若桑みどり　クアトロ・ラガッツィ（上）（下）　天正少年使節と世界帝国
若竹七海　サンタクロースのせいにしよう
若竹七海　スクランブル
和久峻三　夢の浮橋殺人事件　あんみつ検事の捜査ファイル
和久峻三　女検事の涙は乾く　あんみつ検事の捜査ファイル

和田秀樹　痛快！心理学　入門編　―なぜ僕らの心は壊れてしまうのか
和田秀樹　痛快！心理学　実践編　―どうしたら私たちはハッピーになれるのか
渡辺淳一　白き狩人
渡辺淳一　麗《うるわ》しき白骨
渡辺淳一　遠き落日（上）（下）
渡辺淳一　わたしの女神たち
渡辺淳一　新釈・からだ事典
渡辺淳一　シネマティク恋愛論
渡辺淳一　夜に忍びこむもの
渡辺淳一　これを食べなきゃ
渡辺淳一　新釈・びょうき事典
渡辺淳一　源氏に愛された女たち
渡辺淳一　マイ センチメンタルジャーニィ
渡辺淳一　ラヴレターの研究
渡辺淳一　夫というもの
渡辺淳一　流氷への旅

渡辺淳一　うたかた
渡辺淳一　くれなゐ
渡辺淳一　野わけ
渡辺淳一　化身（上）（下）
渡辺淳一　ひとひらの雪（上）（下）
渡辺淳一　鈍感力
渡辺淳一　冬の花火
渡辺淳一　無影燈（上）（下）
渡辺淳一　孤舟
渡辺淳一　女優
渡辺淳一　仁術先生
渡辺淳一　花《はな》埋《うず》み
渡辺淳一　男と女、なぜ別れるのか
渡辺淳一　医師たちの独白
渡辺将人　大統領の条件　アメリカの見えない人種ルールとオバマの前半生
渡辺優　ラメルノエリキサ

集英社文庫 目録（日本文学）

渡辺優　自由なサメと人間たちの夢
渡辺優　アイドル　地下にうごめく星
渡辺優　悪い姉
渡辺雄介　MONSTERZ
渡辺葉　やっぱり、ニューヨーク暮らし。
渡辺葉　ニューヨークの天使たち。
綿矢りさ　意識のリボン
綿矢りさ　生のみ生のままで(上)(下)

＊

集英社文庫編集部編　短編復活
集英社文庫編集部編　短編工場
集英社文庫編集部編　おそ松さんノート
集英社文庫編集部編　はちノート—Sports—
集英社文庫編集部編　短編少女
集英社文庫編集部編　短編少年
集英社文庫編集部編　短編学校
集英社文庫編集部編　短編伝説 めぐりあい
集英社文庫編集部編　短編伝説 愛を語れば
集英社文庫編集部編　短編伝説 旅路はるか
集英社文庫編集部編　短編伝説 別れる理由
集英社文庫編集部編　短編アンソロジー 味覚の冒険
集英社文庫編集部編　短編アンソロジー 患者の事情
集英社文庫編集部編　よまにゃノート
集英社文庫編集部編　よまにゃ自由帳
集英社文庫編集部編　短編宇宙
集英社文庫編集部編　STORY MARKET 恋愛小説編
集英社文庫編集部編　よまにゃにちにち帳
集英社文庫編集部編　短編ホテル
集英社文庫編集部編　短編アンソロジー 学校の怪談
集英社文庫編集部編　よまにゃハッピーノート
集英社文庫編集部編　短編宝箱
集英社文庫編集部編　短編旅館
集英社文庫編集部編　北のおくりもの 北海道アンソロジー
青春と読書編集部編　COLORSカラーズ
短編プロジェクト編　非接触の恋愛事情
短編プロジェクト編　僕たちは恋をしない

集英社文庫

星月夜《ほしつきよる》

2023年8月30日　第1刷　　定価はカバーに表示してあります。

著　者　李《り》琴《こと》峰《み》

発行者　樋口尚也

発行所　株式会社　集英社

東京都千代田区一ツ橋2-5-10　〒101-8050

電話　【編集部】03-3230-6095

【読者係】03-3230-6080

【販売部】03-3230-6393（書店専用）

印　刷　大日本印刷株式会社

製　本　ナショナル製本協同組合

フォーマットデザイン　アリヤマデザインストア　　マークデザイン　居山浩二

ISBN978-4-08-744558-9 C0193